Wolfgang Sewald

Das Geheimnis der Mondblüte

Wolfgang Sewald

Nov. 2001

Dana Verlag

Sewald, Wolfgang
Das Geheimnis der Mondblüte
Osnabrück, Dana Verlag
ISBN 3-9801976-6-2

2. überarbeitete Auflage
Februar 1999

Titelbild: Hans Georg Leiendecker
Illustrationen: Wilfried Hoffmann
Herstellung: Fuldaer Verlagsanstalt
Gedruckt auf chlor- und säurefreiem
Werkdruckpapier

Inhalt

Abwärts wend` ich mich
Zu der heiligen, unaussprechlichen
Geheimnisvollen Nacht -
Hast auch du
Ein menschliches Herz,
Dunkle Macht?
Was hältst du
Unter deinem Mantel
Das mir unsichtbar kräftig
An die Seele geht?
Du scheinst nur furchtbar -
Und doch -
Köstlicher Balsam
Träuft aus deiner Hand.

Aus

„Hymnen an die Nacht“

von Novalis

Die Nacht hat
tausend Augen

Es war kalt. Die Frau, die auf dem Stuhl vor dem Küchenfenster saß, zog ihre dicke wollene Jacke fester um ihre Schultern und schüttelte sich. Sie fror.
„Ja, ist gut“, sagte sie sanft, und Traurigkeit schwang in ihrer Stimme, als sie der rotbraunen Katze, die auf ihrem Schoß ruhte, behutsam mit leicht zitternder Hand über den Kopf strich. Die dunklen geheimnisvollen Augen des Tieres musterten sie einen Augenblick, und Karin hatte das Gefühl, als schaue das Tier in ihr Innerstes, erkenne und teile ihren Kummer. Die Frau hob den Kopf und lächelte müde. Selbst dieser auf seltsame Weise verbindende Akt zwischen Mensch und Tier spendete ihr keinen Trost.
Der feine Regen, der seit dem frühen Morgen unablässig vom grauverhangenen Himmel fiel, bildete Schlieren auf dem Fenster und ließ nur hier und da kleine Flächen auf dem Glas frei, durch die man Umrisse vage erkennen konnte: etwa einen kleinen Ausschnitt vom Stamm der alten Linde, die den Mittelpunkt des verwilderten Hinterhofgartens bildete und ihre Äste weit ausstreckte. Es war Frühjahr, und bald würden sich die ersten Blattknospen ausrollen und ihr zartes Gewebe Wind und Wetter preisgeben. Karin fühlte sich ihnen verbunden. Sie spürte auch in sich dieses Feine, Verletzliche, das allem Neugeborenen innewohnt. Kaum daß sie daran dachte, verkrampfte sich ihr Magen gegen den Schmerz, der aufsteigen wollte. Um sich davon abzulenken, strich sie über das weiche Fell der Katze, die sofort leise zu schnurren begann. Doch es half nicht. Die Erinnerung bahnte sich den Weg in ihren Geist, und sie hatte nicht mehr die Kraft, sich zu widersetzen. Das Gesicht ihres Mannes tauchte vor ihrem inneren Auge auf, und ein schwerer Ring legte sich um ihr Herz, das wie ein fremder Gegenstand in der Brust schlug, so als gehöre es nicht zu ihr. Sie seufzte. Eigentlich, wenn sie ehrlich war, hatten sie einander nie verstanden. Aber neun Jahre waren eine lange Zeit, eine Zeit, in der man sich Stück um Stück näherkam und die man nicht einfach dem Vergessen anheimfallen lassen konnte. Vor einem

Monat, oder waren es schon zwei, hatten sie sich getrennt. Seine Entscheidung zu gehen war wie aus heiterem Himmel über Karin gekommen. Natürlich, die verspielte Liebe und die Spontaneität am Anfang ihrer Beziehung waren schon seit Jahren vergangen. Aber ging das nicht allen so? Mußte man nicht, dachte sie, wenn man wirklich eine dauerhafte Beziehung führen wollte, durch unzählige Abgründe und Banalitäten, durch große und kleine Kämpfe, um dann - ja was eigentlich? Zur wahren Liebe durchzustoßen? Sie schüttelte den Kopf. Fragen, immer nur Fragen. Warum hatte es nicht geklappt? Mein Gott, schimpfte sie bitter in sich hinein, wir sind doch nicht dumm. Wir sind normale, intelligente Menschen und - so mußte sie sich eingestehen - waren nicht mehr fähig gewesen, dem anderen noch zuzuhören, geschweige denn wirkliche, tiefe Liebe füreinander zu empfinden. Nicht einmal Zuneigung. Und doch. Trotz alle dem waren die Gefühle des Verlustes und der Einsamkeit manchmal mehr, als sie glaubte ertragen zu können. Warum war der verdammte Kerl auch immer so halsstarrig gewesen, nicht bereit, von seinem Gefühl männlicher Überlegenheit abzulassen. Hin und wieder, erinnerte sie sich, war sein Blick kalt und hart wie Eis gewesen, und sie hatte gemeint, pure Verachtung hinter der bewegungslosen Oberfläche seiner Augen wahrgenommen zu haben. Wenn sie ihn darauf ansprach, hatte er das immer heftig von sich gewiesen, als sei sie nicht ganz bei Trost und nur ihrer weiblichen Gefühlsduselei verhaftet. Manchmal, erkannte sie in diesem Moment, hätte sie ihn umbringen können. Sie lächelte. Der Zorn tat gut, zumindest holte er sie für einen Moment aus ihrer Schwermut.

Die Katze hob den Kopf und gähnte; dann rollte sie sich ein und döste weiter.

War er es überhaupt wert, ließ Karin ihren Gedanken freien Lauf. War er es wirklich wert, daß sie hier grübelnd und voller Kummer herumsaß? Nein, absolut nicht. Sollte er verdammt noch mal bleiben, wo er wollte. Was hatte er ihr schon gegeben

in den letzten Jahren? Nichts, oder zumindest fast nichts. Gut, er hatte das Geld nach Hause gebracht, dafür hatte sie den Haushalt und ihn versorgt. Und Frauengeschichten? Er hatte bestimmt welche gehabt, war aber zu feige gewesen, es ihr zu sagen. Karin merkte, wie sie sich langsam aber sicher in einen reinigenden Zorn hineinsteigerte. Sie blickte auf und gewahrte erst jetzt, daß der Regen aufgehört hatte und die Sonne zum Vorschein kam. Mehrere dünne Strahlen fielen durch das Fenster, einer tastete gleich einem Lichtfinger über ihren Handrücken, und sie spürte Wärme auf ihrer Haut. Sie griff nach der Katze und legte sie auf einen anderen Stuhl. Die maunzte verärgert und fügte sich dann in ihr Schicksal. Sollte einer die Menschen verstehen. Immer wenn es am schönsten war, mußten sie irgend etwas tun und alles durcheinanderbringen.
Karin öffnete das Fenster und sog in tiefen Zügen die frische, sich allmählich erwärmende Luft ein. Zum erstenmal seit der Trennung von ihrem Mann hatte sie wieder ein Gefühl von Zuversicht und Kraft. Sie würde mit der Trennung fertig werden, das war sicher. Sie holte sich eine alte Zeitung und reinigte damit die verschmierten Scheiben. Dann beugte sie sich vor, stützte die Unterarme auf die Fensterbank und ließ den Blick über den Hinterhof schweifen. Holunderbüsche, deren Blätter schon ausgetrieben waren, und ineinander verschlungene Forsythiensträucher, die ihr knalliges gelbes Blütenmeer der Welt darreichten, wucherten unter ihrem Fenster. Gegenüber sprossen Narzissen und Krokusse in Weiß und Blau. Sie hörte ein Piepsen und wand den Kopf. Ein Rotkehlchen saß nur eine Armeslänge entfernt auf einem dünnen Zweig und betrachtete sie neugierig aus seinen kleinen flinken Augen. Als sie eine Bewegung mit der Hand machte, flog es verschreckt davon. Karin lächelte, als sie erkannte, daß ihr der Blick für das Schöne, für Farben und Formen, nicht verlorengegangen war. Manchmal während der letzten Tage hatte sie geglaubt, niemals aus der trüben, selbstquälerischen Dumpfheit ihres Herzens auftauchen zu können. Doch jetzt keimte neue Hoffnung in ihr.

Schließlich, dachte sie, hast du jetzt die Freiheit, deinen eigenen Weg zu gehen, und brauchst nicht mehr auf einen blöden Kerl Rücksicht zu nehmen, der dich überhaupt nicht verdient. Sie fuhr mit der Hand durch ihr langes schwarzes Haar und spürte Freude aufsteigen. So hatte sie das Ganze bisher nicht betrachtet, aber es schien ihr wesentlich verlockender, als weiterhin Trübsal zu blasen. Sie zog den Stuhl heran, setzte sich und versank in den Anblick des Gartens. Allmählich vergaß sie alles um sich herum, war nur noch reine Wahrnehmung. Die Sonne verschwand hinter dem Dach des gegenüberliegenden Hauses, und verschiedene Schatten bildeten eine neue, aufregende Welt. Noch war so viel Licht, daß sich die dunkleren Flächen mit ihren scharfen Kanten vom helleren Hintergrund abhoben. Doch mit der Zeit - waren Minuten oder Stunden vergangen? Sie wußte es nicht - verschmolzen die grauschattierten gestrichelten Linien und Strukturen mit der alles verschlingenden Schwärze. Plötzlich schrak sie zusammen. Dort, unter der Krone der alten Linde, in der zunehmenden Finsternis kaum zu erkennen, bewegte sich etwas. Es sah aus wie ein Knäuel aus Schlangen, deren glatte biegsame Körper sich wie in einem Tanz wanden. Karin rieb sich die Augen. Es mußte an ihrer Erschöpfung liegen, oder sie war schon so durcheinander, daß ihr Geist anfing, ihr etwas vorzugaukeln. Wie auch immer. Aus einem ihr unerklärlichen Grund konnte sie den Blick nicht abwenden, und ihr war, als würde sie von magischen Kräften in die Finsternis gezogen. Ungewöhnliche Gedanken gingen damit einher. Eine Vermutung schuf sich Raum in ihrem Geist, eine Ahnung, daß es mehr geben müsse im Leben als triste, durchstrukturierte Tage und festgefahrene Beziehungen, die jegliche Lebenslust eindämmten. Mit der Behutsamkeit einer liebevollen Mutter zogen unsichtbare Mächte sie immer tiefer in eine samtene Dunkelheit. Karin war wie in einem Bann gefangen. Sie glaubte, eine fremde Stimme zu hören, die sie sanft anhielt sich zu entspannen. Bildfragmente tauchten auf, die keinen Sinn ergaben und durch ihren Kopf huschten.

Dann, ganz langsam, wurde ihr Geist von etwas Hellem erfüllt. Sie sah Wasser, das sich an der Oberfläche eines Teiches kräuselte; aus seiner Tiefe stieg ein Licht empor. Plötzlich spürte sie ein starkes Verlangen, den mächtigen Wunsch, ein anderes, ein neues, ein pulsierendes Leben zu leben. Für mehrere Sekunden glaubte sie in Flammen zu stehen, als glühe jede Zelle ihres Körpers. Sie hörte ein leises Geräusch und erwachte aus der geheimnisvollen Trance.
Die Katze war auf die Fensterbank gesprungen und drehte ihr den Kopf zu. Verwundert hielt Karin den Atem an. Etwas an dem Blick des Tieres war merkwürdig, so als lächele es und wisse etwas, das ihrem eigenen Geist verschlossen war. Eine Weile ruhten ihre Augen ineinander. Schließlich wurde Karin unruhig. Sie sah Schlangen, wo keine waren, hatte seltsame Worte im Kopf, und glaubte, daß Minka ihr etwas sagen wolle. Das war einfach unsinnig. Oder?
Plötzlich spannte die Katze ihre Muskeln, sprang mit einem geschmeidigen Satz auf einen armdicken Ast des Holunderbusches und von dort hinab auf den Boden. „Minka", rief Karin in die Nacht, „komm sofort zurück. Minka!" Im gegenüberliegenden Haus wurde Licht gemacht, und ein breiter heller Streifen durchschnitt die Dunkelheit. Sie entdeckte das Tier beim Stamm der alten Linde, wo es verharrte und zu ihr hinaufschaute. Minkas Augen funkelten wie Sterne, und sie schien zu warten. Karin versuchte, sie mit einschmeichelnder Stimme zu sich zu locken. „Komm, mein Dicke, komm", sagte sie, „ich hab` hier was Leckeres." Normalerweise reagierte Minka auf diese Art von Verführung, doch jetzt rührte sie sich nicht vom Fleck.
„Mist", schimpfte Karin, zog den Reißverschluß der Wolljacke zu und ging verärgert in den Hof hinunter. Minka saß noch immer an derselben Stelle und leckte ihre Pfoten. „Jetzt komm", murmelte Karin ungeduldig und kam langsam, Schritt für Schritt näher. Bis auf Armeslänge ließ das Tier sie an sich heran, dann schoß es blitzartig davon in Richtung Straße. Panik

erfaßte Karin. Ein Auto raste vorbei. Sie rannte los. Zweige schlugen ihr ins Gesicht. Sie achtete nicht darauf. Dann stockten ihr Atem und Herz. Sie stand auf dem feuchten, glitschigen Bürgersteig. Nicht weit entfernt spendete eine Straßenlaterne kaltes Licht. Minka huschte über die Fahrbahn, während ein Auto mit quietschenden Reifen um die Kurve bog. Ein Entsetzensschrei bildete sich in Karins Kehle, und sie sah Minkas Körper schon zerfetzt und blutig am Straßenrand liegen. Doch wie durch ein Wunder schaffte es das Tier, sich im letzten Moment in Sicherheit zu bringen und unter den tiefhängenden Zweigen einer Weide zu verschwinden. „Verdammter Idiot", schimpfte sie dem Autofahrer hinterher. Sie hatte sein Gesicht gesehen. Ein junger Mann, der anscheinend nichts Besseres zu tun hatte, als rücksichtslos durch die Gegend zu rasen. Sie atmete mehrmals tief durch und lachte dann erleichtert. „Verflixtes Katzenvieh", murmelte sie, lief über die Straße und bahnte sich mit den Händen einen Weg durch das dichte Zweigwerk einer Weide. Immer wieder rief sie Minkas Namen, und zu allem Überfluß konnte sie kaum etwas erkennen. Das Licht der Sterne war zu schwach. Doch mit der Zeit gewöhnten sich ihre Augen an die Dunkelheit, konnten in der sie umgebenden Schwärze Unterschiede wahrnehmen. Ein leichter Wind kam auf und bewegte die dünnen Zweige der Büsche zu beiden Seiten. Karin meinte, ein Rascheln vernommen zu haben, blieb stehen und lauschte. Doch da war nichts. Sie ging weiter und entfernte sich mehr und mehr von den Häusern ihres Wohnviertels, ganz damit beschäftigt, Minka zu finden. Dann hörte sie ein Schaben, als kratze etwas Scharfes über einen glatten Stein. Sie wirbelte herum und versuchte mit weit geöffneten Augen, etwas in der Finsternis zu erkennen. Schlich dort nicht etwas durch das ineinander verwobene Wurzelwerk eines großen Baums?

„Minka?" sagte sie leise, und zum erstenmal schwang Angst in ihrer Stimme mit. „Minka?" Nichts rührte sich. Sie blieb stehen, bewegte sich nicht. Mit einemmal schien sich die sie umgebende Dunkelheit zu bewegen. Ein eisiger Schauer rieselte über ihren Nacken, und sie war nicht fähig weiterzugehen. Karin atmete tief durch. Die Luft war klar und frisch, roch nach Frühling und Wald, schien aber gleichzeitig von einer mysteriösen Transparenz, die etwas Unheimliches barg. Das weitverzweigte Geäst der Baumkronen schien ihr wie krüppelige, erstarrte Arme und Finger bedrohlicher Riesengestalten. Das Atmen fiel ihr schwer. Etwas drückte gegen ihre Brust, drang förmlich in sie ein und schnürte ihr Herz zusammen. Ihre Knie zitterten. Plötzlich hörte sie deutlich einen Knall, wie von einem Peitschenhieb, und die Angst steigerte sich zu Panik. Was war da in der Nacht? Was verfolgte sie? Karin krallte die Finger in ihre Jacke, und schlagartig wurde ihr bewußt, wie weit sie sich von ihrem Zuhause entfernt hatte. Sie wußte nicht einmal, wie lange sie unterwegs war. Eine Stunde? Zwei Stunden? Oder vielleicht nur eine halbe? Minka! Sie mußte Minka finden. Steif vor Angst schaffte sie es, sich ein wenig zu drehen. Sie versuchte, mit ihren Augen die Schwärze zu durchdringen. Atmete dort jemand? Sie lauschte angestrengt. Hockte dort vielleicht ein gewalttätiger, widerwärtiger Kerl und wartete nur auf eine Gelegenheit, um über eine wehrlose Frau herfallen zu können? Karins Angst steigerte sich ins Unermeßliche. Ein Schrei bildete sich in ihrer Kehle. Alle Alarmsirenen ihres Körpers schrillten auf. „Renn!“ drängten sie. „Lauf um dein Leben!“ Nichts hätte sie lieber getan, aber sie konnte nicht. Es war, als lähme eine unsichtbare, düstere Macht sie und besiegele ihr Schicksal. Ihre Augen flackerten wild. Ein brummender Ton strömte auf sie ein, wie Luftwellen, die sich an ihren Ohren brachen. Ein hysterisches Kichern hallte in ihr, stürzte in ihr Bewußtsein, kreischte. Sie hatte Angst, wahnsinnig zu werden. Um Himmels willen, mischte sich ihr Verstand ein, versuchte, einen Halt zu finden, irgend etwas, das sie beruhigte. Minka?

Was konnte Minka schon tun? Karins Zähne schlugen aufeinander. Überall in der Finsternis schienen Augen aufzuleuchten,

ovale, runde fluoreszierende Augen, die sie beobachteten. Dann hörte sie ein Stapfen wie von schweren Stiefeln, die durchs Unterholz brachen, und eine wuchtige Masse, ein pulsierendes amorphes Etwas, kam auf sie zu. Und endlich löste sich der Schrei von ihren Lippen. Ein heiseres Krächzen zuerst, sich mehr und mehr befreiend, schließlich klar und kraftvoll. Aus der Tiefe ihres Seins stieg es auf, getragen vom Mut des Herzens und der Macht ihres Willens, den sie in dieser Stärke niemals zuvor wahrgenommen, geschweige denn in sich vermutet hätte. Auch das Atmen fiel ihr wieder leichter, und sie füllte ihre Lunge mit der würzigen Nachtluft. Was immer dort draußen hausen mochte, jetzt mochte es kommen. Die Steifheit ihres Körpers war wie weggeblasen. Sie fühlte sich mit einemmal wehrhaft und wollte ihr Leben, wenn es denn bedroht war, so teuer wie möglich verkaufen. Gelockert und hellwach stand sie da und erwartete den Angreifer.
Plötzlich war es völlig still. Kein Windhauch, kein Rascheln eines Nachtieres auf der Jagd, nichts. Es schien, als habe das amorphe Etwas nur in ihrer Einbildung existiert. Die Klarheit ihres Geistes war wie die Schärfe eines Messers, wie der wolkenlose Himmel eines heiteren Sommertages. Dann spürte sie etwas Weiches auf ihrer Schulter, war jedoch nicht fähig, den Kopf zu drehen, und eine wohlklingende Stimme flüsterte in ihr linkes Ohr: „Suche ..."
Suche?
„Suche das Geheimnis der Mondblüte."
Das Geheimnis der Mondblüte?
„Was soll das heißen?" entfuhr es ihr. Aber die Stimme war fort. Karin blickte sich um, faßte ihre Schulter, aber da war nichts.
„So ein Blödsinn", lachte sie. „Das Geheimnis der Mondblüte." Sie schaute zum Himmel.
„Dort wirst du des Rätsels Lösung nicht finden."
Karin wirbelte herum. „Wer bist du? Wo steckst du?" fragte sie ärgerlich, „zeige dich mir."

Alles, was sie erntete, war ein geheimnisvolles Gelächter, das ihr Herz auf seltsame Weise rührte.
„Wo ist Minka?“ rief sie.
„Mach dir keine Sorgen“, antwortete die Stimme, „sie ist bei dir. Immer. Komm und folge mir.“
Mach dir keine Sorgen, dachte Karin, das sagst du so einfach, und folgte der unsichtbaren Sprecherin. Sie und das Geheimnis der Mondblüte waren zu verlockend, um sich ihnen entziehen zu können.
Damit betrat sie eine andere Welt, ein anderes Leben, ganz wie es ihr Wunsch gewesen war. Doch was das bedeutete, sollte ihr erst viel später klar werden.

Der Nachtschalk

Mit jedem Schritt, den Karin weiterging, schien sich die Luft zu erwärmen, bis der Wind wie ein zarter Hauch über ihre Haut strich, sinnlich, schmeichelnd. Sie spürte weiches Gras unter ihren Fußsohlen, blieb stehen und sah erstaunt auf ihre Füße hinab. Sie waren nackt. Wo waren ihre Strümpfe und Schuhe? Sie war sicher, sie nicht ausgezogen zu haben. Wieder lief ihr ein Frösteln über den Rücken, wie aufsteigende Bläschen, die an ihrer Schädeldecke zerplatzten und die eine seltsame Wirkung ausübten. Karin fühlte sich wach, hellwach. Sie schloß die Augen, um dieses eigentümliche, ungewohnte Gefühl ganz in sich aufzunehmen. Doch es gelang ihr nicht, sich zu konzentrieren. Was ging hier vor? Ein Impuls durchströmte sie, auf der Stelle umzukehren. Aber wohin? Sie konnte sich nicht mehr erinnern, was sie hier wollte. Sie hatte irgend etwas gesucht, aber was? Sosehr sie sich auch bemühte, es fiel ihr nicht ein. Es war, als sei die Antwort wie hinter einem Nebelschleier verborgen. Dann spürte sie deutlich eine Feuchtigkeit, die sich wie ein kaltes, seelenloses, nichtsdestotrotz lebendiges Wesen an sie herantastete. Spiralenförmig wand es sich von ihren Füßen aufwärts zum Kopf, hüllte sie ein, schien erfüllt von Wesenheiten, deren widerwärtige Gesichter mal starr, mit bösen Augen, die teuflisch funkelten, auf sie blickten, sich mal wie Hefeteig ausdehnten, um schließlich in einem dunklen Teil ihres Bewußtseins zu verblassen. Karin hatte keine Angst, obwohl sie steif und bewegungslos wie eine Statue dastand. Es war, als betrachte sie einen Film und stehe somit außerhalb ihres eigenen Erlebens. Nach einer Weile verschwanden die Wesen und tauchten nicht mehr auf. Auch der Nebel, die feuchte vibrierende Glocke um ihren Körper, löste sich auf, und ein schwacher rötlicher Schimmer war zu erkennen, als die Schwaden sich mehr und mehr lichteten. Karin staunte, als sich das Bild im Hintergrund, zuerst nur ein mattes, verschwommenes Leuchten, allmählich verdichtete und seine endgültige Gestalt annahm. Es war wunderschön, und sie wußte, es war Wirklichkeit, kein Traum, kein Wunschdenken. Vor ihr, wie von geheimnisvoller Hand gezaubert, glitzerte und glänzte ein Gebirge aus dunkelroter Seide oder wie durchsichtiges gefrorenes Wasser, durchzogen von Adern in der Farbe des Blutes, die wie sich windende Schlangen ein Eigenleben führten und einen hypnotischen Tanz aufführten. Mitten in diesem Gebirge klaffte ein ovaler Riß. Oberhalb und an den Seiten des Risses, dessen Ausstrahlung sie gleichzeitig abstieß und anzog, hingen wie in der Bewegung erstarrte Wasserkaskaden herab, bildeten fleischfarbene Überlappungen und endeten in walnußgroßen Tropfen, die das schwache Licht des Mondes spiegelten.

Das Licht des Mondes?

Karin hob verwirrt den Kopf. Tatsächlich. Eine schmale Sichel stand am Himmel. War nicht Neumond? Doch auch daran konnte sie sich nicht erinnern. Ihr Geist wurde in einen anderen Raum gezogen; eine Welt, in der Zeit Ewigkeit bedeutet, und plötzlich war ihr, als durchbreche ihr Bewußtsein einen Schleier, der um ihre Wahrnehmung gelegen hatte. Sie blickte geradeaus. Die Öffnung, der Riß im Gebirge, gähnte wie ein gieriger Schlund, zog an ihr, forderte sie auf einzutreten. Ihr Herz klopfte heftig, doch sie gab dem Rufen nicht nach. Sie spürte eine Warnung, ein letztes Aufbäumen, sich nicht dem Wahnsinn oder was immer dort im Innern der Höhle auf sie lauern mochte zu überlassen. Doch etwas, das stärker war als beklemmende Furcht, rührte sich. Ein Gefühl von Sehnsucht nach Mut und Kraft, von absoluter Einsamkeit und instinktivem Begreifen verwirrte, ja schockierte sie durch die Intensität, die mit ihm einherging, bis sie schließlich weder in der Lage war, den Riß, die klaffende Öffnung, anzusehen, noch sich von ihm abzuwenden.

„Suche das Geheimnis der Mondblüte."

Da war sie wieder, die Stimme. Ganz nah an ihrem Ohr spürte sie sie, wie ein befremdliches Flüstern. Das Geräusch leiser Schritte, samtene Pfoten auf trockenem Laub drang in ihre Gedanken. Dann ein lautloses Huschen, als zöge sich etwas eilig von ihr zurück. Sie fror. Was wird dich erwarten, wenn du

weitergehst? fragte sie sich und erhielt augenblicklich eine Antwort.
„Das Unbekannte, das Unerwartete wirst du finden und einen Schatz, den die meisten Menschen verloren haben."
Diese Worte kamen aus ihrem Innern, nicht von der sonderbaren Stimme. Sie wollte mehr darüber wissen, doch ihre Aufmerksamkeit wurde von dem erneuten Rufen aus der Finsternis hinter der Öffnung gefangengenommen. Es wurde eindringlicher, so als dulde es kein Widerstreben mehr. Sie mußte sich entscheiden, nahm all ihren Mut zusammen und ging durch den Riß. Kaum daß sie den Eingang durchschritten hatte, war sie von Stille umgeben, einer beunruhigenden Stille, die auf etwas zu warten schien. Karin fühlte sich hilflos. Ihr Unterleib verkrampfte, und ein stechender Schmerz durchzuckte ihr Becken. Erst jetzt wurde ihr wirklich bewußt, daß sie eine Welt voller Geheimnisse und schreckenerregender Wesen, voller Faszination, Ängste und wunderlicher Möglichkeiten betreten hatte. Und gleichzeitig wurde ihr klar, daß es, seit sie die Öffnung hinter sich gelassen hatte, kein Zurück mehr gab. Und wie um ihre Angst zu bestätigen, schloß sich der Eingang mit einem dumpfen Ton.
Worte erklangen in der Finsternis.
„Jetzt geht es los."
Jetzt geht es los? Was sollte das heißen, und wer sagte das? Karin war verwirrt. Dunkelheit umhüllte sie wie ein schweres Gewand, das jeden Laut verschluckte. Sie wagte nicht, sich zu bewegen. Es wurde heiß und stickig, und die Wände der Höhle schienen näher zu kommen. Und wahrhaftig: Pulsierende schleimabsondernde, glitschige Wände drängten sich wie menschliche Körper an sie, zogen sich zusammen, dehnten sich und schoben sie vorwärts. Karin hatte das Gefühl, als würde sie gedrückt und geknetet, als befände sie sich in einer riesigen Gebärmutter, die sie hinaustrieb. Sie hatte den absurden, bizarren Eindruck, als keuche und stöhne der Berg, als bereite ihre Anwesenheit ihm Schmerzen und er müsse sie mit aller Gewalt

aus sich hinaustreiben. Doch als wäre es nicht genug, rückten die Wände noch näher, preßten sie unbarmherzig voran. Etwas schmiegte sich um ihren Kopf, und sie bekam keine Luft, hatte panische Angst zu ersticken. Sie strampelte mit den Beinen und spürte Wut aufsteigen, wollte heraus. Es war ein verzweifelter lautloser Kampf um Leben und Tod. Plötzlich hielt der Berg einen Moment inne, schenkte ihr einen unerwarteten Augenblick der Erholung, bevor er mit der pressenden Bewegung fortfuhr. Karin kämpfte mit aller Gewalt. Ihr gegenüber der Masse des Berges kleiner Körper war bis zum äußersten gespannt. Dann, genau an dem Punkt, als sie meinte, es nicht mehr ertragen zu können und sterben zu müssen, öffneten sich die Wände und befreiten sie von einem unerträglichen Druck. Sie wurde hinausgeworfen in eine Welt grellen Lichts und eisiger Kälte. Karin schlug die Hände vors Gesicht, um ihre Augen zu schützen. Sie bibberte am ganzen Leib und stellte mit Entsetzen fest, daß sie nackt war. Wie ein Baby legte sie sich zusammengekrümmt auf die Seite und begann leise zu wimmern. Allein und verloren lag sie hier, und das einzige, was Wärme versprach, war der harte Fels, auf dem sie lag. Der Schock über die abweisende Umgebung legte sich nur langsam. Jeder Atemzug fiel ihr schwer. Es war, als stächen unzählige winzige Eispartikel von innen gegen ihre Luftröhre. Ihr Magen war angeschwollen, fühlte sich an wie eine gallertartige Masse, umgeben von einem trügerisch festen Gewebe. Sollte dies das Geheimnis der Mondblüte sein? Darauf konnte sie wahrlich verzichten. Doch während sie noch grübelte, begann in unmittelbarer Nähe der Boden zu glühen. Der wirbelnde blutigrote Kreis war nicht größer als ein Teller, und ein leiser dunkler Ton, gleich rhythmischen Trommelschlägen, begleitete sein Erscheinen. Müde stemmte Karin sich auf den Ellbogen ab und betrachtete den kleinen Kreis, der eine wohltuende Wärme verströmte. Sie kroch näher heran. Am liebsten hätte sie sich jetzt schlafen gelegt, um schließlich aufzuwachen und festzustellen, daß alles nichts war als ein schrecklicher Traum. Statt dessen stand sie zu ihrer eigenen Verwunderung auf. Benommen, noch wackelig auf den Füßen, stellte sie sich breitbeinig über das Glühen im Boden. Nur zögerlich verschwand die Kälte aus ihren Gliedern, die ihre Bewegungsfreiheit eingeschränkt und ihre Knochen mit frostiger Starre belegt hatte. Danach ein Moment der Ruhe, der es ihr erlaubte, noch achtsamer nach innen zu schauen. Sie bemerkte ein Kribbeln, wie Wasserperlen in einem Glasbehälter. Es stieg von einem Punkt in der Mitte ihrer Fußsohlen auf, vereinigte sich in ihrem Uterus und erfüllte sie mit frischer sinnlicher Kraft. Ja, es war eindeutig etwas Starkes, Lustvolles, Lebenspendendes, das sie wohlig durchströmte.

„Mutter?"

Verstört lauschte sie dem von ihr selbst ausgesprochenen Wort und schrak leicht zusammen, als es als Echo von den Wänden widerhallte. Dann kicherte sie nervös. Wurde sie verrückt? Es konnte doch nicht anders sein, oder?

„Mutter?"

Noch während das Wort ein zweites Mal durch die Grotte hallte, begann ihr Körper sanft zu vibrieren, als bebe die Erde, als wolle sie ihr antworten.

„Mutter?"

Diesmal sprach sie es kraftvoller aus, versuchte, eine Verbindung zu finden. Doch zu wem? Da war niemand außer einer diffusen Stimme, die auftauchte und verschwand, wie es ihr beliebte. Ein Gefühl trieb sie, die Hand auszustrecken, sich an etwas festzuhalten, als könne sie nur so ihr Gleichgewicht wahren. Abrupt hielt Karin inne, unfähig, sich zu rühren. Sie tauchte in einen zeitlosen Augenblick ihrer Existenz und spürte in ihrem eigenen Geist den einer fremden Wesenheit. Dieser fremde Geistes war vorsichtig, sanft und doch von einer Macht, die den Atem raubte. Erschrocken versuchte sie, sich ihm zu entziehen, doch das bestürzende Gefühl, daß etwas in sie eingedrungen war, ließ sich nicht abschütteln.

„Mutter?" Sie flüsterte das Wort. Konnte und wollte es nicht

mit dem in Einklang bringen, was sie erlebte. Das war einfach unmöglich.
„Nichts ist mehr unmöglich."
Da war wieder die Stimme.
„Du hast das Reich der Nacht, des Unbekannten betreten. Hier gelten andere Gesetze als in deiner alltäglichen Welt. Hier kannst du dich nicht auf deine Sinne verlassen. Hier ist Wahrheit Täuschung und Täuschung Wahrheit. Hier ist Wachsamkeit oberstes Gebot und Träumerei der Untergang. Ah, ein köstliches Rätsel. Findest du nicht? Jetzt, da du überzeugt bist, daß du träumst." Die Stimme kicherte. „Glaube mir", fuhr sie fort, „du tust es nicht. Dies ist so wirklich, wie etwas nur wirklich sein kann."
Karin schüttelte den Kopf. Sie konnte es nicht glauben, schien den Boden unter ihren Füßen zu verlieren. Nirgends ein Halt, nirgends eine feste, klare Struktur in ihrem Geist, an der sie sich orientieren konnte.
„Werde ich sterben?" fragte sie.
„Vielleicht", antwortete die Stimme, „wenn du dich dumm genug anstellst. Doch wahrscheinlich wirst du eher verrückt werden. Was nichts Besonderes ist. Die meisten Menschen sind geistesgestört, wenn man in Betracht zieht, wie sie mit der Erde, sich selbst und ihresgleichen umgehen."
„Aber was soll ich tun?" rief sie verzweifelt.
„Halt den Mund, werde still und fühle."
Karin schluckte die gehässige Antwort, die ihr auf der Zunge lag, hinunter und schwieg. Sie schloß die Augen, um mehr bei sich zu sein. Die Erregung, ein Gefühl von Angst, Mißtrauen und verhaltener Neugier, wollte nicht abebben. Nur indem sie ganz bewußt ihren Atem beobachtete und verlangsamte, gelang es ihr, sich in den Griff zu bekommen. So stand sie lange Zeit, und nichts geschah. Dann spürte sie etwas in ihrem Unterleib, ein Gefühl, als wiege sich warmes Wasser in der knöchernen Schale ihres Beckens. „Ahh." Sie stöhnte leise, freudig; genoß die Wonnen, die es ihr bereitete, und ein Bild trat vor ihr inne-

res Auge, das Bild einer verschlossenen dunkelroten Amaryllisblüte, die in ihrem Schoß ruhte und sich langsam öffnete. Zart weiteten sich ihre Blütenblätter und gaben den Blick frei in eine unergründliche Tiefe. Karin atmete tief ein, berauschte sich an dem sinnlichen Zauber.

„Schämst du dich nicht?“

Karin stieß einen Schreckensruf aus und riß die Augen auf. Vor ihr, kaum eine Armeslänge entfernt, stand ihre Mutter. Das Gesicht zu einer Maske versteinert, sah sie mit Verachtung und Abscheu auf ihre Tochter hinunter. Fast schien es Karin, als ekele sie sich vor ihr.

„Was“, stammelte sie hilflos wie ein zwölfjähriges Mädchen, „hab` ich denn getan?“

„Das fragst du noch. An Gott und deinem Leibe hast du dich versündigt. Es ist unnatürlich und widerwärtig.“

„Aber ... ?“

„Schweig still!“

Die Worte waren hart und kalt. Karin fühlte sich schuldig. Sie versuchte, das schöne Gefühl zurückzuholen, doch ihr Unterleib fühlte sich an wie versiegelt, als sei er beschmutzt. Sie kannte diesen beklemmenden Zustand, diese Trennung von ihren Lustgefühlen. Sie schloß erneut die Augen. Doch das Bild ihrer Mutter ließ sich nicht vertreiben. Übergroß und mächtig triumphierte es über ihren eigenen Willen. Ein verzehrender Kampf wütete in ihr. Da war auf der einen Seite ihre Mutter, die sie liebte, trotz allem, und auf der anderen Seite der Wunsch, sich selbst leben zu können. Was sollte sie tun? Diese Frage spaltete ihr Bewußtsein, und für einen Moment hatte sie wirklich den Eindruck, verrückt zu werden.

„Du mußt deine Mutter töten. So wirst du sie finden.“

„Nein! Neiiin! Das ist unmöglich!“ schrie Karin entsetzt.

„Doch nicht wirklich. Ich meine das geistige Bild von ihr, die seelische Kraft, die ihm innewohnt.“

„Aber wie soll ich das tun?“

Sie erhielt keine Antwort.

Schließlich gab sie das Warten auf, erkannte, daß sie dies allein lösen mußte. Und dann wußte sie, was sie tun mußte. Gesammelt, in gespannter Aufmerksamkeit, stand sie über dem tellergroßen wirbelnden Glühen und atmete tief ein und aus. Da! Etwas Weiches, wie das Fell einer Katze, glitt über ihre Waden und an den Innenseiten der Oberschenkel hinauf, kitzelte sie. Leise Trommelschläge waren zu hören, und wie von selbst begann sie zu tanzen. Zuerst war es nur ein Laufen auf der Stelle, doch dann wurden ihre Bewegungen wuchtiger, aggressiver, stampfender. Der rhythmische Ton der Trommeln schwoll an, unterstützte sie, ihrer Wildheit und ihrer ungestümen Kraft nachzugeben. Eine Weile hielten sich der Wunsch nach freiem Ausdruck ihrer Gefühle und die Angst vor dem Verlust der Kontrolle die Waage. Ihr Atem wurde immer heftiger, tiefer, zog sie in einen Strudel der Verwirrung, des Chaos. Dann das Gefühl, als durchbräche sie eine unsichtbare Hülle. Für einen Moment hatte sie den Eindruck, als erinnere sich ihr Körper an etwas Wichtiges. Doch es ging alles viel zu schnell. Und es war seltsam. Je mehr sie dieser Seite in sich nachgab, desto schneller schmolz das Bild, die Erinnerung an ihre alles beherrschende Mutter.

Die Trommeln wurden lauter, steigerten sich zu einem Stakkato, das sie verschlang, fortriß in einen wirbelnden, orgiastischen, von allen Widerständen befreiten Tanz. Sie wollte frei sein; frei von Moral und Gewissensbissen, von Schuld und Angst. Lust wollte sie spüren, Wonne und Wohlgefühl.

„Ich bin ich selbst“, schrie sie, und dieses Schreien trieb die letzten Reste von Gebremstsein und Wankelmütigkeit heraus, schuf Raum für ein herrliches, glückliches Lachen. Sie tanzte, tanzte und wirbelte so lange umher, bis ihr Körper erschöpft war und hin und her wankte. Vor Anstrengung keuchend, sank sie zu Boden, fühlte, wie Schweiß ihre Stirn hinabtropfte. „Bei der Göttin“, murmelte sie und spürte, wie Tränen aus ihren Augen rannen, befreiende, erlösende Tränen.

Als sie zur Ruhe kam, nahm sie erneut den fremden Geist in

ihrem Bewußtsein wahr. Und diesmal erkannte sie ihn. Es war der Geist ihrer wahren Mutter, der Erde. Behutsam stieg er auf, hüllte sie ein. War wie zwei riesige Arme, die sie trugen und sanft hin und her wiegten. Karin fühlte eine Geborgenheit, die der entsprach, die ihre leibliche Mutter ihr manchmal geschenkt hatte, nur viel größer. Und sie begriff, daß diese Geborgenheit ihr immer zur Verfügung stand, daß nur sie selbst einen Keil dazwischenschieben konnte. Und dieser Keil war das Vergessen. Sie mußte sich einfach nur daran erinnern, daß die Erde ein lebendes Wesen ist. Anders geartet, aber lebendig wie sie. Und sie schwor, es nie zu vergessen. Dann schlief sie erschöpft ein.

Nach mehreren Stunden erwachte Karin und öffnete ihre Lider. Sie fühlte sich gut. Eine Weile trieb sie noch in der Welt, die zwischen Schlafen und Wachen liegt, genoß den Frieden, den sie empfand.

Eine fröhliche, schalkhafte Stimme riß sie aus ihrer wohligen Trägheit.

„Huhu."

Karin setzte sich auf und blickte mit schlaftrunkenen Augen um sich. Es dauerte eine Weile, bis sie eine schlanke Gestalt, die lässig an einer schmalen Steinsäule lehnte, klar erkennen konnte. Verschämt bedeckte sie ihre Blöße. Die Gestalt trug einen Hut mit weiter Krempe und bedeckte ihr Gesicht mit den Händen. Nur das linke Auge war zu sehen, und damit zwinkerte sie immer wieder, ähnlich einem Mann, der zum Flirten aufgelegt ist und sich für unwiderstehlich hält.

„Huhu", rief die Gestalt. „Huhu", und winkte. „Ein Gedicht", fuhr sie fort und begann mit tiefer Stimme vorzutragen:

„Prüde bin ich, geh` zur Ruh`,
kneife fest mein Ärschlein zu;
fließt es mir auch rauf und runter,
wird das Leben doch nicht bunter.
Singen, Lachen, Schabernack,

überall nur dummes Pack.
Komm und gib mir deine Hand,
festigt sich der Triebe Band.
Nimm mich ganz und auch noch gar,
das Leben ist grandios, fürwahr."

Karin saß da, schluckte und konnte nicht glauben, daß dies Wirklichkeit war. Dann erinnerte sie sich, daß die Wirklichkeit, die sie kannte, hier außer Kraft gesetzt war, und fügte sich in das anscheinend Unvermeidliche.
„Wer bist du?" fragte sie mißtrauisch. „Was willst du von mir?"
Die Gestalt löste sich von der Säule und kam langsam, mit aufreizend wiegenden Hüftbewegungen auf sie zu. „Alles will ich von dir", sagte sie mit schamloser Offenheit, „alles."
„Alles? Was soll das heißen? Und", sie funkelte ihn verärgert an, „wer zum Teufel bist du?"
„Damit liegst du gar nicht so weit daneben", lächelte die Gestalt vergnügt.
„Womit?"
„Mit dem Teufel", stieß sie hervor und beugte den Kopf blitzartig zu Karin herunter, so daß die schwarzglühenden Augen nur eine Handbreit von ihrem Gesicht entfernt waren. Dann sprang die Gestalt leichtfüßig zurück. „Aber es enttäuscht mich doch, muß ich sagen", murrte sie, „daß du mich nicht erkennst." Sie fuhr sich mit den langen schlanken Fingern in übertriebener Nonchalance durchs dichte Haar. „Aber wenn es denn sein muß." Die Gestalt kam auf sie zu und hockte sich im Schneidersitz vor Karin. „Ich bin der Nachtschalk."
„Der Nachtschalk?"
„Der Nachtschalk? Der Nachtschalk?" äffte er sie nach. „Kannst du eigentlich nur wiederholen, was ich sage?"
Karin wollte etwas entgegnen, kam aber nicht dazu.
„Alle lieben mich." Er stemmte die Hände in die Seite. „Weißt du eigentlich, was das bedeutet?"
„Ich liebe dich nicht", wehrte Karin ab, „ich ..."

„Oh, wart' nur ab. Das wird noch kommen."
Einen Moment lang war Karin sprachlos.
„Ah, haha", lachte der Nachtschalk, „eins zu null für mich."
„Sag mir jetzt endlich, wer du bist", wiederholte Karin. „Der Nachtschalk! Damit kann ich nichts anfangen."
„Anfangen ist gut. Das ist sehr gut", antwortete er. „Weil ..." Er blickte kurz zu Boden und sah dann erneut auf. „Ich bin nämlich der Anfang deines Untergangs." Er brüllte vor Lachen über seine Worte.
„Kannst du eigentlich nur Schwachsinn von dir geben?"
„Das ist eine gute Frage, auf die ich dir natürlich keine Antwort geben werde."
„Warum nicht?"
„Einfach so. Gegründet im Grundlosen."
„Wie?" Karin wurde wütend und betrachtete gleichzeitig mit ängstlicher Gespanntheit das Treiben des Nachtschalks. Der begann nämlich, sich mit aller Seelenruhe das Hemd aufzuknöpfen.
„Was hast du vor?" fragte sie mißtrauisch.
„Ich hab` keine Lust mehr zu reden", gab er zurück. „Ich finde, wir sollten jetzt Liebe machen. Das macht viel mehr Spaß."
„Wa...?"
Der Nachtschalk sprang elegant auf die Füße und ließ das Hemd mit einer geschmeidigen Bewegung von den Schultern gleiten. „Mmh", seufzte er, rollte die Augen voller Vorfreude und sagte grinsend:

„Dein Körper, deine Säfte, sie riechen so fein,
mich dünkt, du solltest die meine sein.
Verlangen durchströmt mich mit aller Macht,
des Teufels Gier wird wach in der Nacht.
Laß uns genießen der Sinne Glut,
was meinst du wohl, wie gut das tut.
Komm her zu mir und sei wohlfeil,
in meiner Hose brummt der Keil."

Es dauerte mehrere Sekunden, bis Karin gänzlich erfaßte, was der dummdreiste Kerl vorhatte. Panik erfaßte sie, und sie suchte verzweifelt nach einem Fluchtweg. Doch die Grotte schien keinen Ausgang zu haben, bot keine Möglichkeit, ihm zu entkommen. Ängstlich wich sie zurück.
„Was!“ schrie der Nachtschalk, und seine Stimme hallte wie Donner von den Wänden wider. „Du verweigerst dich mir!“ Er zerrte an seinem Reißverschluß, der sich anscheinend verhakt hatte. „Das kannst du nicht tun.“
„Bleib mir vom Leib“, drohte Karin, langsam wieder zu sich findend, „oder ich bring` dich um.“
Der Nachtschalk blinzelte ungläubig und sagte:

„Dann bringt sie mich um,
das ist aber dumm.
Wo ich doch so am Leben hänge,
wiewohl jetzt meine Samenstränge
nicht wissen ein noch wissen aus;
ist nichts mit dem kleinen Klaus.
Müssen wohl ins Nest zurück,
vorbei sind Lust und Liebesglück.“

Er zuckte mit den Achseln und reichte ihr seine Hand. Karin zögerte.
„Nun komm. Hab` keine Angst, meine Liebe. Ich werde dir nichts tun.“ Er sah ruhigen, gelassenen Blickes auf sie hinunter.
„In Wahrheit“, flüsterte der Nachtschalk und beugte sich ein wenig nach vorn, „habe ich gar kein Interesse an deinem Körper. Was ich wirklich will ...“ Er zog den Arm zurück, bildete mit den Händen einen Trichter um seinen Mund und hauchte kaum hörbar: „... ist deine Seele.“
Für einen Moment war es still in der Grotte, kein Laut war zu hören.
„Haha“, lachte er plötzlich teuflisch und rollte die Augen, „damit hast du nicht gerechnet, was? Zwei zu null für mich. Wenn

du so weitermachst, gerätst du arg ins Hintertreffen." Dabei sah er sie an, als könne er kein Wässerchen trüben.
Karin mußte unwillkürlich lachen. Diese seltsame Gestalt, die sich Nachtschalk nannte, begann ihr trotz aller Vorbehalte zu gefallen.
„Was hast du mit meiner Seele vor?" fragte sie vorsichtig.
„Später, meine Liebe. Alles zu seiner Zeit. Jetzt habe ich etwas viel Besseres für dich als Worte."
„Und das wäre?"
„Erlebnisse."
„Aha", nickte Karin, als habe sie verstanden. Was mitnichten der Fall war.
Der Nachtschalk zog sie hoch. Als sie voreinander standen, trat er zwei Schritte zurück und machte eine schöne, anmutige Bewegung mit den Händen. Es sah aus, als zöge er einen schweren Vorhang hoch. Dann wandte er Karin den Rücken zu und begann, an einem imaginären Seil zu ziehen. „So, jetzt haben wir es gleich", ächzte er und zog mit aller Kraft. Plötzlich, als sei das Seil gerissen, stürzte er rückwärts, rollte sich über die Schultern ab und blieb auf dem Kopf stehen.
„Na, ist das nicht einsame Spitze?" fragte er und prustete vergnügt.
Karin brachte kein Wort heraus.
Dann stemmte er sich, auf die Hände gestützt, mit den Armen hoch und landete mit einem Satz auf den Füßen.
„Nun sag schon", drängte er sie.
„Ja was denn, um Himmels willen?"
„Wie gefällt dir unsere Aufmachung?"
Zuerst verstand Karin nicht, was er meinte. Als sie dann ihren Blick an sich hinuntergleiten ließ, trat sie erstaunt mehrere Schritte zurück. Sie war nicht mehr nackt. Der Nachtschalk hielt ihr einen großen Spiegel hin, den er aus dem Nichts hervorgezaubert zu haben schien. Ein helles Licht leuchtete an seinem oberen Rand, so daß sie sich gut darin betrachten konnte. Sie drehte und wendete sich, um sich von allen Seiten in

Augenschein zu nehmen. Ein traumhaftes Kleid in der Farbe dunkelroten Weins umschmiegte seidig ihren Körper bis hinab zu den Waden. Ihre Füße steckten in edlen schwarzen Schuhen aus feinstem Leder. Als Karin sich von der Überraschung langsam erholte, nahm sie sich Zeit, ihr Gesicht genauer anzusehen. Es war wie von einem Künstler geschminkt, der ihre heimlichsten Wünsche erkannt hatte. Eine Mischung aus katzenhafter Eleganz, weiblicher Verführungskunst und dominanter Selbstsicherheit. Karin war von ihrer eigenen Erscheinung begeistert. Um ihren Hals lag eine Kette aus funkelnden Rubinen. Sie schüttelte wild den Kopf, wobei das schwarze Haar umherflatterte, ließ genüßlich ihre Hände mit den feuerrot lackierten Nägeln über die Hüften ihres Körpers gleiten und rief, unterstützt von einem kraftstrotzenden Flamencoschritt: „Jawohl!"
Karin blinzelte. Der Spiegel war verschwunden, und vor ihr stand der Nachtschalk, gekleidet in einen maßgeschneiderten Anzug aus dunkelblauem Zwirn. Er lachte. „Ahh", sagte er und ließ das Wort wie eine köstliche Süßigkeit auf der Zunge zergehen. „Du siehst aus wie die reine Sünde, meine Liebe." Er atmete einmal tief durch, sah sie aus halbgeschlossenen Lidern an. Er zwinkerte ihr zu. „Und ich liebe die Sünde. Besonders, wenn sie sich in so vollendeter Form präsentiert. Komm", drängte er sie, „laß uns schleunigst von hier verschwinden, sonst garantiere ich für nichts mehr."
Karin lachte geschmeichelt, erfüllt von der wachsenden Vorfreude, welche Überraschung er als nächste für sie parat haben würde. Was immer das Geheimnis der Mondblüte sein mochte, es schien zumindest viel Aufregung und Spaß zu bringen.
Der Nachtschalk führte sie durch die Grotte. Kurze Zeit später spürte sie, wie sich der Boden veränderte. Er fühlte sich wie ein weicher Teppich an.
„Schließ die Augen", sagte er.
Als sie sie nach einiger Zeit wieder öffnete, wäre sie fast zu Boden gestürzt. In ihrer Nervosität hatte sie eine Stufe übersehen. Der Nachtschalk fing sie im letzten Moment auf.

„Aber, aber“, sagte er, „wer wird den gleich fallen. Greife lieber zu mir, dann geht alles wie von selbst.“
Karin achtete nicht auf seine Worte. Sie war viel zu sehr von dem in Anspruch genommen, was sich ihr offenbarte. Sie befand sich, auch wenn es ihr schwerfiel das zu glauben, in einem Spielkasino. Prunk, wohin sie auch schaute; schwere Samtvorhänge, kostbare Spiegel und ein teurer Bodenbelag, der ihr das Gefühl vermittelte zu schweben. Nur zaghaft wagte Karin, aus der dunklen Ecke ins schummrige Licht hinauszutreten. Es herrschte eine gespannte Atmosphäre, mit einem Hauch Verruchtheit, die gut zu ihrer Aufmachung paßte. Sie drehte sich um, wollte etwas sagen, der Nachtschalk aber war nirgends zu sehen. Hektisch versuchte sie, ihn zwischen den anderen Menschen wiederzufinden. Aber er war nicht zu entdecken. Für einen Augenblick geriet sie in Panik, hatte sich aber bald wieder unter Kontrolle und begann, die neue Situation zu genießen. Gemächlich schlenderte sie um die Tische und beobachtete die Menschen. Damen und Herren der sogenannten höheren Gesellschaft vertrieben sich ihre Zeit damit, Unsummen ihres Geldes über den grünen Filz des Roulettetisches zu schieben. Direkt neben ihr zog ein älterer Herr ein Bündel Scheine aus der Innentasche seines Jacketts, legte es diskret auf den Tisch, wo es ebenso diskret und flink in mehrere Tausenderchips gewechselt wurde, die er schon bald darauf verspielt hatte. Tabakqualm wallte in dichten Schwaden durch den Raum und vermischte sich mit dem Duft verschiedenster Parfums. Interessiert sah Karin einem Paar an der gegenüberliegenden Seite des Tisches zu. Er, älterer Jahrgang, gesetzt und ergraut, gab sich den Anschein von Gelassenheit und Souveränität; doch die feinen Schweißperlen auf seiner Stirn sagten etwas anderes. Sie, jung und mit weiblichen Reizen üppig ausgestattet, blickte gelangweilt vor sich hin. Neben den beiden saß eine ältere Dame, deren Schminke ein wenig zu dick aufgetragen war. So betrachtete sie jeden einzelnen Menschen und spürte nach und nach eine Wandlung ihres Erlebens.

Je länger Karin die Menschen am Tisch und im näheren Umkreis beobachtete, desto seltsamer wurde ihr zumute. Immer wieder rieb sie sich mit dem Fingerknöchel verstohlen die Augen. Sie wollte keinesfalls die Aufmerksamkeit auf sich ziehen. Eine beängstigende Spannung beschlich sie. Karin befürchtete schon, blind zu werden, als sich plötzlich eine durchdringende Klarheit in ihrem Bewußtsein einstellte. Erstaunt blickte sie sich um. Mit einemmal konnte sie hinter die oberflächliche Fassade der Gesichter schauen, und was sie dort entdeckte, versetzte ihrem Herzen einen Stich. Hinter all dem prahlerischen, zur Schau gestellten Reichtum verbargen sich nichts als Kleinlichkeit und Habgier, Mißgunst und Neid. Jeder und jede war nur auf den eigenen Vorteil bedacht. Ihr Blick ruhte auf dem Paar gegenüber. Bedingt durch die geheimnisvolle Wahrnehmungsverschiebung, entdeckte Karin plötzlich feine Energieströme, die zwischen den einzelnen Personen ständig hin- und herflossen, und ihre Botschaften waren eindeutig. Die junge Frau strahlte unterschwellig ständig sinnliche Wellen aus, die den Mann umgarnten und ihn jeglicher Klarheit beraubten, während er fest davon überzeugt war, mit der Macht seines Geldes und der damit verbundenen Autorität alles im Griff zu haben. Verstörrt wandte Karin sich ab und fragte sich irritiert, was der Nachtschalk mit dieser Szenerie beabsichtigte, als sie ein Räuspern hörte. Sie hob den Kopf, und da saß er im Schneidersitz auf einem Tisch, an dem nicht gespielt wurde.
Er breitete die Arme aus und trällerte:

„Sex und Geld regiert die Welt,
egal was man auch davon hält.
Dafür machen wir uns krumm,
dumdideldum, dumdideldum.
Komm nur her an meine Brust,
stimm ein in meine Sangeslust.

Und eins und zwei ...
Sex und Geld regiert die Welt,
der Tod tritt ein,
wenn der Dollar fällt.
Frauen machen die Beine breit,
Männer finden das sehr gescheit.
Und eins und zwei ...
Sex und Geld regiert die Welt ...“

Karin sah sich um. Niemand nahm Notiz von ihnen. So, als wären der Nachtschalk und sie nicht anwesend.
„Komm“, rief er, „mach mit.“

„Und eins und zwei ...
Sex und Geld regiert die Welt,
wer nicht aufpaßt, wird geprellt.
Vom Dildo bis zum Strapsenband
gibt`s in der Welt so allerhand,
doch am wichtigsten ist der Kontostand.
Und eins und zwei ...
Sex und Geld regiert die Welt ...“

Abrupt hörte der Nachtschalk auf und landete mit einem eleganten Sprung vor ihren Füßen. „Hat dir das Lied etwa nicht gefallen, meine Liebe?“ fragte er mit gespielter Unschuld. „Ich dachte, es sei geradezu phänomenal.“
„Du bist wirklich unglaublich“, antwortete Karin.
Der Nachtschalk warf den Kopf zurück, legte den Zeigefinger an das Kinn und machte ganz den Eindruck, als denke er ernsthaft über ihre Worte nach. Er schaute sie hintergründig an und brach in schallendes Gelächter aus, in das sie begeistert einstimmte.
„Laß uns gehen“, sagte er schließlich, „die Langeweiler hier rauben mir noch die Freude am Leben.“ Er griff Karins Hand

und zerrte sie hinter sich her. Sie traten durch die Wand des Raumes, als sei sie bloße Illusion. Der Nachtschalk drückte seine Finger fest um Karins Handgelenk und wirbelte sie im Kreis herum, schneller und immer schneller. Dann ließ er sie los, und sie schleuderte in eine neue Szenerie. „Um Himmels willen", hörte sie ihn noch rufen, „ich habe ganz vergessen, dir Geld mitzugeben."

Karin sah sich um. Sie befand sich auf einem riesigen Markt. Grelles Sonnenlicht blendete sie. Lautes Stimmengewirr lag über dem weiten Platz. Jemand lachte.

Karin warf den Kopf herum. Hinter ihr stand eine alte Frau mit wilden, dunklen Augen und strengen, harten Gesichtszügen. Sie zog lächelnd einen jadefarbenen Flakon aus den Falten ihres buntgemusterten Rockes. „Hier", schmunzelte sie wissend, „nimm das." Sie zwinkerte mit dem linken Auge. „Ein Aphrodisiakum, dem kein Mann widerstehen kann."

„Und... was, was soll es kosten?" fragte Karin, der gerade nichts Besseres einfiel.

„Preiswert, sehr preiswert. Nur zwei Goldstücke."

„Aber ich habe nichts."

„Du willst nicht bezahlen?" In der Stimme der Alten schwang ein bedrohlicher Unterton.

„Nein. Ihr versteht mich nicht. Ich habe nichts. Ich kann nicht bezahlen. Ich habe kein Geld dabei."

„Dann verschwinde. Ich habe nichts zu verschenken."

Karin wich vor der Bösartigkeit der Frau zurück. Die Alte musterte sie noch einmal geringschätzig und verschwand. Erleichtert atmete Karin auf und ging durch die endlosen Reihen der Verkaufsstände. Schon bald hatte sie die unangenehme Angelegenheit vergessen und ließ sich von dem bunten Treiben vereinnahmen. Menschenmassen schoben und drängten sich aneinander vorbei. Viele Leute wirkten wie getrieben, wie auf der Suche nach etwas, das sie unbedingt benötigten. Andere wiederum plauschten entspannt und gingen zufrieden ihrer Wege. Doch es waren nur wenige.

Karin war so in ihre Betrachtungen vertieft, daß sie erst nach einer Weile mitbekam, daß die kleinen Stände verschwanden, bis nur noch größere da waren und schließlich nur noch gigantische Tempel des Konsums übrigblieben. Hier war wirklich alles zu bekommen, was die Welt zu bieten hatte, vom Seidenslip bis zur Panzerfaust warben Firmen ungeniert mit gezielten Slogans um die Kundschaft. Alles schillerte in bunten Farben, lockte verführerisch.
„Kommen Sie, meine Damen und Herren", hörte Karin einen Mann rufen. „Kommen Sie. Kaufen Sie Ihr Glück, bevor ein anderer es Ihnen vor der Nase wegschnappt. Wer zuerst kommt, dem lacht Fortuna."
In Windeseile bildete sich eine Menschentraube.
„Sehen sie nur, meine Damen." Der Verkäufer wirbelte etwas um seinen Finger. „Dieser Hauch aus feinster Seide wird Ihren Gatten um den Verstand bringen, und er wird ohne Widerstand all ihre Wünsche erfüllen. Oder hier, meine Herren." Er ließ den Slip vom Finger gleiten und lockte einen Teil der Leute zu einem nahe stehenden Automobil. „Ja", forderte er sie auf, „treten Sie nur dicht heran und staunen Sie. Mit diesem wunderschönen 300-PS-Modell wird die Damenwelt Ihnen zu Füßen liegen. Kaufen Sie, meine Damen und Herren. Kaufen Sie sich Ihr Glück. Worauf noch warten, wenn es so dicht vor Ihnen liegt. Machen Sie sich keine Gedanken über die Finanzierung. Unsere Hausbank wird Sie mit allem versorgen, was Sie benötigen."
Karin wandte sich ab und ging weiter. Stunden schlenderte sie durch die Etagen und betrachtete genußvoll die angebotenen Waren. Doch ihre Freude wurde durch ein beharrliches Gefühl getrübt, das sich einfach nicht verdrängen ließ. Es war wie ein Verlangen, ein fast verzehrendes Begehren, all dies besitzen zu müssen. Es machte sie traurig, kein Geld zu haben, um all diese schönen Sachen kaufen zu können. Sie wurde immer schwermütiger, fühlte sich wertlos. Sorgenvoll ging sie weiter.
Plötzlich blieb sie stehen. Stimmen erklangen. Es hörte sich an,

als übe ein Chor. Karin lief in die Richtung, wo sie ihn vermutete, und atmete erfreut auf, als sie den Nachtschalk entdeckte. Er trug einen langen schwarzen Frack und hielt einen Taktstock zwischen Daumen und Zeigefinger der rechten Hand. Er verbeugte sich einmal vor dem Publikum und wandte sich wieder dem Chor zu. Der Gesang von über hundert Menschen schwoll an. Der Nachtschalk hob langsam die Arme, und aus den Kehlen der Sängerinnen und Sänger ertönte ein einziges langgezogenes Wort:
„Haaaabennn. Haaaabennn. Haaaabennn." Wieder und immer wieder hallte nur dieses eine Wort wie eine wogende Welle über das Publikum. Der Nachtschalk explodierte vor überschäumender Kraft. Wie ein Derwisch sprang er hin und her, schwang den Stock in wilder Ekstase, der zischend die Luft durchschnitt.
Paukenschläge dröhnten unvermittelt auf, wurden unterstützt von den vibrierenden Schallwellen eines großen Gongs und steigerten das Geschehen zu einem bombastischen Finale.
„Haaaabennn!"
Danach Totenstille.
Nichts. Kein Laut. Nicht ein Räuspern oder Husten.
Langsam, wie in Zeitlupe, drehte sich der Nachtschalk um. Er sah Karin direkt an. Seine Augen glühten. Er schwang den rechten Arm gebieterisch in die Höhe und sagte mit dunkler schneidender Stimme: „... oder Sein. D a s , ist hier die Frage."
Sein Blick durchbohrte Karin. Er legte den Taktstock beiseite, kam auf sie zu, legte den Arm um ihre Schulter und führte sie fort aus dem Trubel.
Nach mehreren Minuten schweigenden Fußmarsches kamen sie zu einem alten Gemäuer. Sie öffneten ein schmiedeeisernes Tor, das laut in den Angeln quietschte, stiegen mehrere Treppen hinunter und gingen einen von Kerzenschein nur schwach erleuchteten Gang entlang, bis sie zu einer Tür kamen.
„Jetzt", sagte der Nachtschalk und blieb stehen, „ist es an der Zeit, die entscheidende Frage zu stellen. Denn ohne die richti-

ge Frage werden diese Tür und das Geheimnis, das sie birgt, dir verschlossen bleiben, und unser Zusammensein endet hier."
„Du willst mich allein lassen?"
„Ja und nein, meine Liebe. Noch kannst du umkehren und alles, was du erlebt hast, vergessen. Die Folge ist, daß das Geheimnis der Mondblüte sich dir niemals offenbaren wird. Doch bedenke, daß, wenn du durch diese Tür schreitest, es kein Zurück mehr gibt." Der Nachtschalk drückte sanft ihre Hand.
„Suche die eine, wirkliche Frage."
„Ich verstehe nicht", antwortete Karin mit bangem Herzen, „welche Frage?"
„Werde ruhig und sanft. Erforsche dein Inneres, und du wirst sie finden."
Er verbeugte sich und ging davon, verschmolz mit der Dunkelheit des Gangs.

Der verborgene Schlüssel

Karin sah ihm lange hinterher. Am liebsten hätte sie ihn gebeten zu bleiben. Doch sie wußte, daß es sinnlos war. So hockte sie sich auf den Boden, die Arme um die Knie gelegt und versuchte nachzudenken. Aber das war nicht leicht. Ihr Bewußtsein wurde von einem unaufhörlichen Strom von Gedanken und Bildern überflutet. Alle Ereignisse, die sie bisher erlebt hatte, liefen noch einmal vor ihrem geistigen Auge ab; so deutlich, als durchlebe sie sie in diesem Augenblick. Geduldig bemühte sie sich, einen Zusammenhang darin zu erkennen, eine Linie logischen Verstehens. Manches jedoch war ihr so fremd, ja absurd, daß es im Rätselhaften verborgen blieb. Ihre Erinnerung ging zurück zu dem Moment, als sie die Höhle betreten hatte. Was davor lag, entzog sich ihr, als stünde ihr eine unüberwindliche Mauer im Weg.

Woher bist du gekommen? fragte sie sich. Was machst du hier? Was soll das alles? Ein bohrender Stachel des Zweifels schlich sich in ihr Gemüt. Von Unruhe erfüllt, erhob sie sich und ging auf und ab.

Die Frage, dachte sie plötzlich. Du mußt die eine, wirkliche Frage finden. Ihr Geist griff nach dieser Frage wie nach einem rettenden Strohhalm, um wieder Klarheit ins Wirrwarr der Gedanken zu bringen. Eine Weile starrte sie auf die Tür. Will ich wirklich wissen, was dahinterliegt? Karin war nicht sicher. Sollte ich nicht lieber umkehren und den Nachtschalk bitten, mich zum Ausgang der Höhle zu bringen? Was aber, wenn er nicht wiederkam? Hatte er nicht gesagt, ohne die richtige Frage würde ihr Zusammensein enden? Hieß das etwa, erschrak sie, daß sie notfalls allein aus diesem Labyrinth hinausfinden mußte? Dieser Gedanke weckte Angst. Sie glaubte nicht, daß sie es ohne Hilfe schaffen würde. Fast schien es ihr, als sie erneut zurückblickte, als sei sie bei jedem vergangenen Ereignis durch eine andere Dimension von Raum und Zeit gegangen. Es klang völlig verrückt. Aber so war es. Anders konnte sie sich ihre Gefühle nicht erklären.

Je intensiver sie sich mit dieser Vorstellung auseinandersetzte, desto größer wurde die Furcht, die in ihr aufstieg und nun wie eine klamme Hand an ihrem Herzen lag. Jeglicher Mut verlor sich, schien sich zu einem winzigen Punkt zu verdichten und im Nirgendwo zu verschwinden. Übrig blieb Furcht, die sich im ganzen Körper ausbreitete. Und während sie so dastand und sich kaum noch rühren konnte, fiel ihr etwas auf. Sie spürte, daß ihr Erleben der Angst sich veränderte, daß der Widerstand in ihr langsam nachließ. Sie beobachtete und analysierte die Angst nicht, dachte überhaupt nicht darüber nach, w a r diese Angst. Hier und jetzt. Ganz und gar. Karin wußte nicht, wie lange dieser Zustand anhielt; alles, was sie bemerkte, war, daß er unvermittelt aufhörte und die Spannung schwerelos aus ihrem Körper floß. Verwundert schaute sie sich um. Sie befand sich immer noch am selben Ort. Der schwach erleuchtete Gang führte in gerader Linie von ihr fort und verlor sich in Dunkelheit. Auf der anderen Seite war die Tür, nach wie vor fest verschlossen.

„Suche ...“

Karin hielt erregt den Atem an. Das war die Stimme.

„Suche das Geheimnis der Mondblüte. Finde die Frage.“

„Aber wie?“ murmelte sie leise vor sich hin. „Hilf mir dabei.“

Und wieder war die Stimme fort, ohne einen Hinweis zu geben oder auch nur eine winzige Hilfestellung zu leisten.

„Gut“, fand Karin ihren Mut zurück, „dann eben nicht. Verdammt“, sprach sie sich Kraft zu, „das schaffst du auch allein.“

Beherzt schritt sie den Gang entlang und dachte über die Fragen nach, die für sie wirkliche Bedeutung hatten. Dabei wurde ihr zum erstenmal bewußt, wie oft sie sich nichtssagende, überflüssige Fragen stellte. Ist deine Nase auch gerade genug? Wie sieht dein Gebiß aus? Was die anderen wohl von dir denken? Wie ist dein Busen? Ist er zu klein oder zu groß? Und deine Beine? Unmöglich. Oben zu dick, unten zu dünn. Paßt das Porzellan zur Farbe der Tischdecke? Sind die Farben nicht zu aufdringlich? Und so weiter und so fort.

Was interessiert dich wirklich, sann Karin nach und drang da-

bei tiefer und tiefer in sich selbst ein. Glück, sprang es in ihren Geist, Reichtum und Gesundheit. Ja! Wie werde ich glücklich? Wie werde ich reich und bleibe gesund?
Sie lugte zur Tür. Nichts bewegte sich.
Na gut, dachte sie und drang noch weiter in sich, sammelte sich. So viele Fragen waren aus dem Kern ihres Wesens an die Oberfläche gekommen, daß es schwer wurde, überhaupt noch Worte für das zu finden, was sich Raum zu schaffen suchte. Erstaunt beobachtete Karin, wie ihre Aufmerksamkeit aus ihrem Kopf gezogen und auf ihr Herz gelenkt wurde. Sie spürte, wie es weich gegen die Rippen schlug, und mußte daran denken, daß es immerfort, jede Minute, jede Sekunde das Blut durch ihre Adern pumpte und den Kreislauf des Lebens aufrechterhielt. Karin war so gefesselt von ihrer Wahrnehmung, daß sie alles andere vergaß. Sie glaubte, das Rauschen und Strömen des Blutes zu hören; fühlte ein gleichmäßiges Pochen in ihren Schläfen, das etwas Beruhigendes ausstrahlte. Ihre Aufmerksamkeit wurde wieder zur Mitte der Brust gelenkt. Und jetzt, endlich, verstand sie. Nur hier, in ihrem Herzen, war die entscheidende Frage zu finden. Sie hockte sich auf den Boden und begann zu summen. Es war wie ein Zwang. Lang, monoton, ließ sie den Klang aus ihrer Brust die Kehle hinaufsteigen und durch den Mund entweichen. Immer stärker wurde sie von den Schwingungen des Tones ergriffen, der jede Faser ihres Geistes reinigte. Alle Fragen, alles Suchen wurden in den Hintergrund gebannt, verschwanden einfach. Übrig blieb Stille. Aus der Stille wuchs Verlangen, ein Feuer im Herzen. Wie von selbst trat die Frage in ihr Bewußtsein:

Wer bin ich?

Lautlos schwang die Tür auf. Mit kindlichem Staunen und vorsichtiger Neugier ging sie auf die Öffnung zu, blieb kurz davor stehen. Was immer sie auch erwartet haben mochte, es gab keine Antwort, die in großen weißen Lettern auf einer blauen Himmelsleinwand eine ewige Weisheit verkündete, kein Garten Eden, der mit seinen prächtigen Farben von immerwährendem Glück sprach. Statt dessen spürte sie die fast schon vertraute Angst zurückkehren. Karin wagte nicht, über die Schwelle zu treten. Hier ging es um Existentielles, um ein wirkliches Geheimnis. Die Erkenntnis, auf welches Abenteuer sie sich eingelassen hatte, verschlug ihr den Atem, und der Schreck fuhr ihr in alle Glieder. Sie schluckte. Doch der Kloß in der Kehle blieb.

„Suche das Geheimnis der Mondblüte“, sagte die Stimme. Sie klang freundlich.

„Bitte bleib“, rief Karin. „Laß mich jetzt nicht allein. Ich weiß nicht, wie ich mich entscheiden soll. Hilf mir.“

Die Stimme sagte nichts, aber Karin fühlte, daß sie noch anwesend war.

„Denke an dein vergangenes Leben“, hörte sie sie nach einer Weile in ihrem Kopf. „Warst du zufrieden? Warst du glücklich? War jeder Tag, jede Stunde, jeder Augenblick ein einzigartiges Erlebnis?“

„Nein.“ Karin lachte. „Das ist unmöglich. Wie soll man es schaffen, so zu leben?“

„Indem du dir erst einmal eingestehst, daß du n i c h t s weißt.“

„Daß ich nichts weiß? Aber das stimmt nicht. Ich habe eine Menge gelernt.“

„Darum geht es nicht. Natürlich hast du eine Menge Wissen in all den Jahren deines Hierseins erlangt. Aber was ist mit dieser einen Frage? Kannst du sie beantworten?“

Karin atmete tief ein und aus.

Wer bin ich?

Schließlich lächelte sie. „Das ist doch gar nicht so schwer. Ich heiße Karin. Bin vierunddreißig Jahre alt und war neun Jahre

lang verheiratet. Ich habe Haare, Lippen, Nase, Mund und Ohren. Ich bin wie jeder andere Mensch auch. Jawohl! Das ist es. Das bin ich."
„So?" schmunzelte die Stimme. „Ich höre nur, w a s du hast: einen Namen und einen Körper mit allem, was dazugehört. Aber ist das auch das, w e r du bist? Darüber solltest du dir Gedanken machen."
„Aber wer sollte ich sonst sein?" wehrte sie ab. Aus irgendeinem Grund war es ihr unangenehm, sich damit auseinanderzusetzen. Sie bemühte sich ernsthaft, der Frage auf den Grund zu gehen. Natürlich hatte sie auch Gefühle und Gedanken, eine unverwechselbare Persönlichkeit und einen eigenen, zugegebenermaßen manchmal etwas schwierigen Charakter, aber war das nicht zu selbstverständlich, um die Frage beantworten zu können?
Andererseits war es doch genau das, was sie, Karin, ausmachte. Diese ganz bestimmten Eigenarten und Eigenwilligkeiten, eben ihre Art, auf Menschen, Umstände und die Welt zu reagieren.
„Jetzt weiß ich, wer ich bin", sagte sie. „Ich bin ich."
Die Stimme lachte schallend.
„Ich meine natürlich das Ich, mein besonderes, spezielles Ich. Das bin ich."
„Und?"
„Was und?"
„Befriedigt diese Antwort deine Sehnsucht?"
„Meine ... Was weißt du von meiner Sehnsucht?"
„Nichts. Nur, daß sie ein Teil von dir ist. Trotz allen Wissens, das du hast."
Karin schwieg. Sie war gekränkt und wußte nicht, warum. Am liebsten hätte sie zornig aufbegehrt. Doch wenn sie ehrlich war, mußte sie der Stimme recht geben. In einem verborgenen Winkel ihres Wesens glomm nach wie vor Sehnsucht, auch wenn sie sich das ungern eingestand. Ich bin ich war doch wohl nicht die allumfassende Erklärung, die letzte Antwort. Aber was war

es dann? Sie wußte es nicht.
„Ausgezeichnet“, sagte die Stimme.
„Was ist ausgezeichnet?“
„Daß du allmählich zu begreifen scheinst, daß du nicht weißt, wer du bist.“
„Genau gesagt bin ich so durcheinander, daß ich überhaupt nichts mehr verstehe.“
„Dann ist dies der richtige Augenblick, die Schwelle zu überschreiten.“
Karin blickte zur Tür. Sie verharrte, fürchtete sich davor, den endgültigen Schritt zu tun. H i n t e r mir, dachte sie, liegt eine liebgewonnene Welt der Sicherheit und Routine, eine Welt ohne besondere Vorkommnisse, aber eine, die ich kenne und in der ich mich zurechtfinde. Und v o r mir?
„Das kannst du nicht wissen“, meldete sich die Stimme erneut zu Wort. „Wäge gut ab. Dann tu, was du tun willst. Keine Zeit mehr für Reue und Selbstmitleid.“
„Du hast gut reden“, erwiderte sie, „schließlich bin ich es, die eine Entscheidung treffen muß.“
„Ja, meine Liebe, ich weiß. Das Leben ist hart, und du willst nicht. Kaum jemand will, und darum wird das Geheimnis der Mondblüte auch nur selten gelüftet.“
Karin warf abrupt die Arme hoch. „Das Geheimnis der Mondblüte! Das Geheimnis der Mondblüte!“ entrüstete sie sich. „Was habe ich denn bisher von diesem Geheimnis? Nichts als Ärger.“
„Das ist nicht wahr.“
„Doch, daß ...“ Karin hielt inne und merkte, daß die Stimme wieder einmal recht hatte. Es war eine Lüge. Eine Menge aufregender Abenteuer hatte sie bisher auf ihrer Suche erlebt, ganz zu schweigen von der Bekanntschaft des Nachtschalks, den sie bereits zu vermissen begann.
„Also gut“, gab sie auf, entspannte die Schultern und wandte sich der Stimme zu, die sie über sich vermutete. „Was soll ich deiner Meinung nach tun?“

„Erwachsen werden wäre nicht schlecht“, kicherte die. „Aber im Ernst“, fuhr sie dann fort. „Nimm deine Zuversicht, deine Besonnenheit und deine Angst mit auf deinen Weg; das empfehle ich dir, bevor ich mich empfehle.“
„Warum meine Angst?“
„Weil sie dich antreiben wird, nicht eher aufzugeben, als bis du dein Ziel erreicht hast.“
„Das Geheimnis der Mondblüte?“
„Ganz genau, meine Liebe.“
„Willst du mir immer noch nicht sagen, wer du bist?“ fragte Karin und drehte sich um, als erwarte sie, daß sich ein bisher unsichtbares Wesen vor ihren Augen materialisiere.
„Nein, liebe Karin“, flüsterte die Stimme, „das wäre zu früh. So leid es mir tut. Du mußt dich noch ein wenig gedulden. Im Augenblick sage ich dir good bye, au revoir und auf Wiedersehen. Ich wünsche dir Glück und Segen auf all deinen Wegen.“
Die Stimme war fort.
Karin sah zur Tür, atmete tief durch und schritt durch die Öffnung, die Worte der Stimme beherzigend.

*

In dem Augenblick, als sie über die Schwelle schritt und ins Unbekannte trat, durchlief sie ein kühles Frösteln. Karin blieb stehen. Ihr war, als verändere sich ihr Gemütszustand, als schlage ihr Herz sanfter, feiner. Sie schaute zum Himmel. Der Mond stand fast über ihr und hatte wieder zugenommen. Sein Licht beleuchtete eine sich bis zum Horizont erstreckende Wüsten- oder Steppenlandschaft. Unzählige Sterne funkelten am tiefblauen Nachthimmel, bildeten Myriaden von Lichtpunkten in der endlosen Weite des Raums. Die Luft war kalt. Weit und breit war niemand zu sehen. Ringsherum nur dunkel schimmernder Sand, der sich zu haushohen Dünen türmte. Sie ging ein Stück zurück, stieg einen sanft ansteigenden Hügel hinauf und schaute verwundert nach der Tür. Sie war verschwunden. Das versetzte ihr einen schmerzhaften Stich. Nicht mehr zurück zu können in ihre kleine behagliche Welt, diese Endgültigkeit gefiel ihr ganz und gar nicht. Sie ging weiter. Es war ein anstrengender Weg. Der Sand gab nach, und sie schien kaum voranzukommen. Schließlich hatte sie die flache Kuppe erreicht. Doch auch von hier oben war keine Menschenseele, kein Anzeichen von Leben zu entdecken. Enttäuscht setzte sie sich auf den Boden, und erste Zweifel bemächtigten sich ihrer, die richtige Entscheidung getroffen zu haben. Zu müde, um sich weiter Gedanken machen zu können, rollte sie sich zusammen und schlief ein.

Eine Berührung weckte sie, ähnlich dem Kitzeln tastender samtweicher Pfoten an ihrem Arm. Sie glaubte, ein bekanntes leises Schnurren zu hören, ein Geräusch, das sie an den Laut einer zufriedenen Katze erinnerte. In einer Nische ihres Geistes leuchtete ein schwaches Licht auf. War da nicht eine Katze gewesen? Dann erlosch es.

Karin richtete sich auf. Da war nichts in ihrer Nähe. Sie fuhr sich abwesend mit den Fingern durchs Haar. Der Wind wehte Sand vor sich her, und über den Dünen tanzten Schleier, die sich ständig wandelten, um sich schließlich ihrem Blickfeld zu entziehen. Sie schloß die Augen. Auf ihren Netzhäuten flimmerten grellgrüne Kreise, hinter denen sie immer noch die endlose Weite zu erkennen glaubte, die sich gleichförmig bis zum Horizont und darüber hinaus erstreckte.

Eine Windboe strich um ihre Füße und wirbelte Sandkörner um ihre Beine. Die Sonne war gerade erst aufgegangen. Karin seufzte, stand auf und drehte sich einmal um die eigene Achse. Das Bild war überall gleich, ganz egal in welche Richtung sie blickte. Sand, nichts als trockener, heller, ausgebleichter Sand und trostlose Einsamkeit. Wenn sie ihre Augen lange genug auf einen Punkt richtete, begann das Bild nach einer Weile zu ver-

schwimmen, wurde statt dessen zu einer flirrenden, flimmernden Bewegung der Luft.
Eine Zeitlang verharrte sie schweigend und starrte in die Leere, während die Sonne unaufhaltsam höher kletterte. Da in dieser Einöde keine Orientierung möglich war, marschierte Karin einfach direkt auf den hellen Glutball zu.
Stunden später begannen ihre Schritte schleppend und mühsam zu werden. Nie zuvor in ihrem Leben war sie so allein mit ihren Gedanken und Gefühlen gewesen. Hier, an diesem Ort, war nur sie, gefangen in einem Gefühl wachsender Vereinsamung. Zum erstenmal, seit sie die Tür durchschritten hatte, wurde Karin die grausame Ironie ihrer Lage bewußt. Eine Gestrandete in einem Meer aus Sand, das war sie, hilflos und schwach. Auf was hast du dich da eingelassen, fragte sie sich. Läßt dich von einer Geisterstimme und einem albernen Narren mitten in die Wüste schicken. Vielleicht, dachte sie in einem Anflug von Galgenhumor, ist der Tod ja das Geheimnis, nach dem du suchst. Sie schaute sich um. Der Tod, begriff sie plötzlich - und das vage Lächeln in ihrem Gesicht gefror zu einer Maske - i s t einsam und lauert überall. Sie fuhr sich mit einer fahrigen Geste über die Stirn, als könne sie so die Gedanken verscheuchen. Karin schaute sich um. Die Gegend hatte sich verändert. Nicht weit entfernt entdeckte sie eine Geröllhalde mit einer Gesteinsplatte, die Schutz bot und unter die sie sich setzte. Sie verschränkte die Hände hinter dem Kopf, lehnte sich zurück und schloß die Augen.
Wer bin ich?
In großen weißen Buchstaben stand die Frage vor ihrem inneren Auge. Gut, dachte sie, die Frage habe ich gefunden. Die Tür hat sich geöffnet. Und jetzt?
Die Gestalt des Nachtschalks trat in ihr Bewußtsein. Natürlich stand er mit all ihren Erlebnissen in direkter Verbindung. Aber welche Rolle er wirklich spielte, war ihr immer noch ein Rätsel. Barg e r das Geheimnis der Mondblüte? Hätte sie i h m mehr Aufmerksamkeit schenken sollen? Karin bemühte sich,

sein Bild, seine äußere Erscheinung klar im Geist festzuhalten. Dabei glitt sie in eine seltsame Trance, die ihr ermöglichte, eine Art Tiefenschärfe zu entwickeln. Mit einemmal wurde ihr die Faszination, die sie für ihn empfand, bewußt. Er hatte so etwas wie ... Karin suchte nach dem richtigen Wort. Ja! So etwas wie eine „Einheit der Person", eine außergewöhnliche Ganzheit. Komisch, daß ihr das nicht früher aufgefallen war. Schließlich war das etwas, wonach sie schon ihr Leben lang suchte. Mit einemmal war sie ganz aufgeregt. Sie glaubte, mit seiner Hilfe einen Teil ihres Selbst wiederfinden zu können, der ihr vor langer Zeit abhanden gekommen war. Und sie wußte - und das erschreckte sie -, daß sie dafür den Blick nach innen richten mußte. Etwas, das ihr immer schwergefallen war. War Innerlichkeit nicht in Wahrheit Schwäche? Ging es nicht vielmehr darum, ganz im Außen zu sein, alles mitzunehmen, alles zu konsumieren? Eine eigentümliche Idee ging Karin durch den Kopf. Konnte es sein, daß die Welt nicht i h r zur Verfügung stehen mußte, sondern umgekehrt? Sie runzelte überrascht die Stirn und verdrängte den Gedanken. Seine Tragweite schien ihr momentan zu groß, als daß sie bereit war, sich weiter damit auseinanderzusetzen. Ein schmerzhaftes Pochen lenkte ihre Aufmerksamkeit auf das Herz. Der Schmerz wurde immer stärker und schließlich zu einer brennenden Sehnsucht nach Erlösung

Erlösung von was?

Die Dinge nahmen einen Verlauf, der Karin zuwider war. Sie spürte, daß sie die Kontrolle über sich verlor und ein Wunsch aus ihrem Innersten hervorbrach. Sie nahm die Hände vors Gesicht und versuchte, das aufsteigende Gefühlschaos zu gliedern, verständlich zu machen. Sie war orientierungslos, spürte eine tiefsitzende, lange verdrängte Niedergeschlagenheit und Ziellosigkeit. Welchen Wert hatte ihr Leben? Welches Ziel verfolgte sie?

Karin zuckte zusammen. Die Erkenntnis war niederschmetternd. Sie hatte keines. Zumindest keines, für das es sich zu

kämpfen lohnte. Sie erinnerte sich an die verschiedenen Erlebnisse: das Spielkasino, den Marktplatz und die riesigen Tempel des Konsums. Sie erinnerte sich an das Begehren, alles zu besitzen. Gerade so, als könne sie ihre innere Leere mit immer mehr Besitztum überwinden.
Wer bin ich?
Die Worte waren ein stummer Verzweiflungsschrei. Leere! Sie wagte kaum, in sich hineinzuhorchen. Doch sie wollte ehrlich sein, dem Verdrängen ein Ende machen. Ja, es waren Leere und Sinnlosigkeit, die sie zeit ihres Lebens angetrieben und nie zu wirklicher Ruhe hatten kommen lassen. Es war unfaßbar. Und nicht nur das. Es war auch hart, sich einzugestehen, bis zu diesem Zeitpunkt ein oberflächliches Leben geführt, nichts wirklich hinterfragt, sondern alles hingenommen zu haben. Karin fühlte sich von sich selbst übergangen und spürte gleichzeitig Hoffnung aufkeimen, daß das Leben noch etwas anderes bereithalten könnte. Ein Bedürfnis erwachte in ihr, der Drang, sich ihrem Menschsein zu stellen und Erfüllung zu finden, was immer das auch bedeuten mochte.
Karin öffnete die Augen. Es war dunkel. Ein lauer Wind wehte, und der Himmel war von Sternen übersät. Sie schüttelte den Kopf, konnte nicht glauben, so lange in sich versunken gewesen zu sein.
Wer bin ich?
Sie wußte, daß diese Frage sich auf immer in ihrem Bewußtsein festgesetzt hatte. Das diese Frage sie nie mehr loslassen würde.
Was war das Geheimnis der Mondblüte?
Aber vielleicht, vermutete sie, sind beide Fragen ganz eng miteinander verbunden, und die Auflösung der einen wird die andere gleichfalls beantworten.
Sie erhob sich und ging auf und ab. Ihr Körper brauchte dringend etwas Bewegung. Karin sah zum Nachthimmel. Er war schön, und sein Anblick erfüllte sie für einen Moment mit einem entspannenden, erholsamen Frieden. Ein Lächeln huschte über ihr Gesicht. Unverhofft erinnerte sie sich an das kleine

Mädchen, das sie einmal war. Klar und deutlich sah sie sich: große kindliche Augen, voller Unschuld und Neugier, ein lachendes Gesicht, umrahmt von langen dunklen Haaren. Sie meinte, eine kleine weiche Hand in ihrer zu spüren, und eine warme Woge rann durch ihren Körper. Jahrzehnte lagen zwischen dem Mädchen und der erwachsenen Frau. Und nicht nur das. Zeit war nicht das Wesentliche, das sie trennte, erkannte Karin. Da war etwas anderes, das sie nicht benennen konnte. Dieses Unbestimmbare hatte sich mehr und mehr zwischen das Kind und die Erwachsene gestellt, hatte sie so weit getrennt, daß kaum noch eine Beziehung zwischen diesen Teilen ihrer Persönlichkeit bestand. Damals, dessen war sie sich gewiß, hatte sie die Wirklichkeit noch unmittelbar und unverzerrt wahrgenommen. Ihr Leben hatte Einfachheit, Lebendigkeit und Reinheit gehabt, wie sie ihr im Augenblick unmöglich schienen. Diese Ursprünglichkeit wollte sie wiederfinden.
Wer bin ich?
Diese Frage zog interessante Erkenntnisse nach sich. Außerdem, dachte Karin, brachte sie sie mit Aspekten ihres Ichs in Verbindung, die sie in Vergessenheit wähnte.
Sie ging zurück, hockte sich unter die Steinplatte und versank in einen nicht enden wollenden Strom von Gedanken.
Plötzlich wurde ihr klar, daß dieser innere Drang nach Wissen, dieses kindliche Streben, die Dinge hinter den Dingen zu erforschen, ihr abhanden gekommen war. Ihre Augen glänzten, als ihr Bewußtsein weit zurückging.
Sie war damals sieben, vielleicht acht Jahre alt. Es hatte wirklich Spaß gemacht zu leben, meistens jedenfalls. Die Tage waren erfüllt von Entdeckungslust und unstillbarer Neugier. Damals hatte sie mit ihren Eltern, ihrer jüngeren Schwester und den beiden älteren Brüdern auf dem Land gewohnt. Manchmal waren sie durch die nahe liegenden Wiesen und Wälder gestreift, hatten Vögel beobachtet, ihrem werbenden Gesang im Frühling gelauscht und ihnen beim Nestbau in den Baumkronen zugeschaut. Die Schönheit der Schmetterlinge verzauberte

ihre Herzen, ja über der gesamten Natur hatte ein Schleier des Mysteriums gelegen.
Was ließ die Bäume wachsen? Wer sagte dem Farn, daß es Zeit sei, die zarten Triebe zu entrollen? Was brachte die Schwalben dazu, immer dasselbe Haus wiederzufinden, nachdem sie den Winter Tausende von Kilometern entfernt verbracht hatten? Das waren Fragen, die sie beschäftigt hatten. Damals hatte sie gewußt, daß es eine Macht gab, die diese Abläufe im Gleichgewicht hielt. Manchmal hatte sie sich so stark mit dieser Kraft verbunden gefühlt, daß sie vor Glück ganz außer sich war. Wehmut erfüllte Karin.
Sie mußte, vermutete sie, während ihrer Pubertät diese Seite ihres Wesens in sich verschlossen haben. Kaum daß dieser Gedanke auftauchte, wurde erneut ein brennender Schmerz in ihrem Herzen wach, der sie rastlos werden ließ. Ungestüm krabbelte sie unter der Platte hervor, sprang auf die Füße, entging nur um Haaresbreite einem gefährlichen Zusammenstoß mit dem scharfkantigen Gestein und lief unruhig auf und ab. Ihr Verstand versuchte, den Zustand zu analysieren, zu kontrollieren, und scheiterte kläglich.
Wer bin ich?
Karin sah verstört zum Himmel und blieb wie angewurzelt stehen. Ihre Kindheit war endgültig Vergangenheit, nichts und niemand konnte sie zurückbringen. Heute war sie erwachsen, ein Rad im Getriebe der Gesellschaft, das entweder funktionierte oder nicht. Wenn nicht: Psychiatrie oder unter die Brücke.
Das Brennen im Herzen hörte nicht auf. Schwer atmend rieb sie mit dem Handballen den Solarplexus. Ein Zittern stieg von dort auf, verbunden mit einem Gefühl der Halt- und Orientierungslosigkeit. Es war ihr, als löse sie sich auf, als verlöre sie sich in der unendlichen Weite über ihr, auf ewig in heilloser Verwirrung gestrandet. Sie bekam starkes Herzklopfen und erkannte, daß die Angst mehr war: Es war Angst von geradezu kosmischer Dimension. Sie bebte am ganzen Leib. Ein Gefühl der Entfremdung bemächtigte sich ihrer. Jegliche Wahrnehmung

von Mysterium und Schönheit, Wärme und Verzauberung schien nie existiert zu haben. Das Universum war ein kalter, grausamer Ort. Karin war, als würde ihr Innerstes gefrieren, sich zu einem winzigen, nicht mehr erkennbaren Punkt verdichten, der alle Lebenskraft verschluckte und dann ausstieß. Sie wirbelte auf dem Absatz herum. In der sie umgebenden Dunkelheit nahm sie eine Wesenheit wahr, der etwas Lauerndes, Bösartiges innewohnte. Sie war sofort hellwach und suchte angespannt die Umgebung mit den Augen ab. Aber da war nichts zu entdecken. Karin nahm all ihren Mut zusammen, schloß die Augen und lauschte. Angst schoß durch ihren Körper, und eisige Luft zog durch ihre Kehle. Gleichzeitig traten winzige Schweißperlen auf ihre Stirn. Ihre Schläfen pochten. Die Gewißheit, daß in der Finsternis etwas herumschlich, näher kam und sie einkreiste, war überdeutlich. Karin reagierte darauf wie ein hilfloses Kind; sie zitterte wie Espenlaub. Todesangst bemächtigte sich ihrer. Das Unsichtbare kam näher. Etwas Körperloses stürzte sich plötzlich auf sie. Und wie als habe sie nur darauf gewartet, löste sich die Lähmung in ihren Gliedern. Mit beiden Händen griff sie nach dem Wesen, das aus einer gallertartigen Masse zu bestehen schien. Sie krallte ihre Fingerspitzen in das Wesen, fiel zu Boden und rang mit ihm. Hin und her wogte der lautlose Kampf. Die Finsternis, das Böse in ihren Armen, raubte Karin fast den Verstand. Sie mußte siegen, sonst war es um sie geschehen. Dieser Gedanke setzte unglaubliche Kraft frei. Sie trat wild mit den Füßen um sich, kreischte und tobte, spannte die Arme schraubstockartig um ihren Gegner und wurde immer lauter. Sie stieß wilde, animalische Schreie aus. Doch was immer sie auch unternahm, es half nicht. Ihr Feind gab nicht nach. Außerdem hatte er die Fähigkeit, sich jeder ihrer Bewegungen im Bruchteil einer Sekunde anzupassen. Er gab nach, wenn sie zum Angriff überging, und stieß vor, wenn sie zurückwich. Karin hatte den Eindruck, mit dem Wesen zu verschmelzen. Sie wollte die Augen öffnen. Es ging nicht. Es war, als liege ein bleischweres

Gewicht auf ihren Lidern, das nicht zuließ, daß sie ihren Widerpart erkannte. Sie kämpfte bis zur völligen Erschöpfung. Karin hatte sich so verausgabt, daß sie sich bereitwillig der Niederlage hingab. Aber ihr Gegner schien nicht an einem Sieg interessiert zu sein. Unvermittelt zog er sich zurück. Zu ihrer Verblüffung und gegen ihren Willen streckte Karin den Arm aus, wollte, daß das Wesen blieb. Ihr Körper oder ihre Seele schien unabhängig von ihr, einem eigenen Willen zu folgen. Für eine quälend lange Zeitspanne verharrte sie in einem Zustand der Spaltung. Ein Teil in ihr entbrannte in heftigem Verlangen nach dem unsichtbaren Wesen, als sei in ihm etwas vorhanden, daß ihrem Leben eine neue, eine leuchtende Dimension geben würde. Der andere Teil wehrte jeglichen Gedanken, jede vage Näherung vehement ab. Laß dich nicht einlullen und für dumm verkaufen, sagte er. Erinnere dich. In Todesangst hat dich dieses widerwärtige Wesen versetzt. Leiste ihm mit aller Macht Widerstand. Hörst du, fuhr die Stimme eindringlich fort, widersetze dich mit allen dir zur Verfügung stehenden Mitteln. Ignoriere das Wesen, verdränge es aus deinem Geist. Karin lachte. Das war leichter gesagt, als getan.
Sie versuchte erneut, die Augen zu öffnen. Diesmal ging es leicht. Sie drehte sich auf den Rücken und hatte das Gefühl, jeden Knochen im Leib zu spüren. Sie streckte und dehnte sich, spürte noch einmal ein schwaches Zittern im Solarplexus.
Langsam nahm sie den Nachthimmel wieder wahr. Die Sterne funkelten genauso wie vor dem Kampf. Nichts schien sich verändert zu haben. Aber ich habe mich verändert, dachte sie.
Die Minuten verstrichen, während Karin sich nicht von der Stelle rührte. Das macht doch alles keinen Sinn, dachte sie. Ich verstehe das nicht. Sie spürte aggressive Kräfte frei werden. Etwas ihr Unbekanntes drängte sie, die Dunkelheit wie einen lästigen Vorhang beiseite zu schieben und in die Wirklichkeit eines lichten, bewußten Lebens hinauszutreten.
Karin schrak heftig zusammen. Neugeburt und Opfer, flüsterte eine Stimme in ihrem Kopf. War es d i e Stimme? Nein, stell-

te Karin sachlich fest, während die bisher unbekannte Stimme fortfuhr: Wenn du neu geboren werden willst, wirst du aufgeben müssen, was du bisher für dein Selbst gehalten hast. Dein jetzt noch gültiges Ich-Bewußtsein wird einem anderen weichen müssen. Keine Geborgenheit mehr durch andere Menschen. Du mußt selbst die Verantwortung für deine Sicherheit übernehmen.

Karin war völlig durcheinander. All die verschiedenen Stimmen in ihrem Kopf, die sie vor immer neue Herausforderungen stellten. Sie glaubte, langsam, aber sicher in den Wahnsinn zu treiben. Ein Bild materialisierte sich vor ihrem inneren Auge. Ein Deckel? Ja. Ein schwerer Deckel aus Beton auf einem dunklen Schacht. Eine starke Kraft drückte von unten gegen den Deckel, um ihn fortzuschleudern. Doch eine ebenso starke Kraft wirkte von oben dagegen. Das war es. Das war genau die Situation, in der sie sich seit langer Zeit befand. Das, was sich oben auf den Deckel legte, war ihr nur zu bekannt. Es war ihre Angst. Das, was von unten ans Licht, an die Oberfläche des Bewußtseins strebte, war das Unbekannte, das Verborgene, das, was sie sich selbst und anderen vorenthielt. Sie erinnerte sich der Worte des Nachtschalks:

> Verlangen durchströmt mich mit aller Macht,
> des Teufels Gier wird wach in der Nacht.

Oh, wie sehr wünschte Karin in diesem Augenblick, daß er bei ihr sei und ihr mit seiner Ausgelassenheit und guten Laune Mut machte, sich den Unwägbarkeiten ihrer Innenwelt zu stellen. Doch sie war allein, und nichts wies darauf hin, daß sich das bald ändern sollte. Sie war wieder einmal auf sich gestellt. Aber war das nicht immer so gewesen? Hatte sie jemals den Beistand, das Verständnis bekommen, wonach sie sich sehnte? Je länger sie darüber nachdachte, desto größer wurde ihr Kummer. Wie ein schweres, erdrückendes Netz aus unzähligen ungeweinten Tränen legte er sich auf ihre Schultern, umhüllte sie.

Zum erstenmal wurde ihr wirklich bewußt, mit welcher Last im Herzen sie seit ihrer Jugend, seit ihrer Kindheit durchs Leben ging. Dieses Gefühl war ihr schon so vertraut, daß es Teil ihres Leben geworden war. Karin seufzte und geriet in einen Sog nach innen. Sie versuchte, Schicht für Schicht zum Kern ihrer Selbst vorzudringen. Aber ihre Reise wurde wie von einer unsichtbaren Hand gestoppt, und sie landete in einer hellen Phantasiewelt. Eine Weile ruhte Karins Blick auf ihrer Umgebung. Dann begannen dunklen Schattierungen aufeinander zuzustreben, reihten sich wie senkrechte Gitterstäbe in regelmäßigen Abständen nebeneinander auf. Das Brennen, der Schmerz, war jetzt nicht mehr nur im Herzen, sondern überall. Jede Zelle, jedes Atom ihres Körpers schien davon besetzt und kämpfte gegen ihre Lebensfreude, ließ ihr keine Möglichkeit zur Entfaltung. Warum? schien der Kummer zu sagen. Warum willst du noch einmal deine Liebe und deine Schönheit der Welt präsentieren? Haben dir die zahllosen Verletzungen beim erstenmal noch nicht gereicht? Bleib hinter den Gitterstäben. Dort bist du sicher.
Ja, dort bin ich sicher, dachte Karin. Aber ... aber was ist der Preis?
Sie wußte es. Stillstand, Langeweile und lebenslange Furcht waren der Preis.
Wer bin ich?
Karin lächelte müde. War sie das? War sie in Wahrheit ein ängstliches Bündel Mensch, zusammengekauert und eingeschlossen in einem selbsterrichteten Gefängnis? Ein Impuls auszubrechen erfaßte sie, wurde aber von einem Bild, einer Vision, verdrängt:
Sie schaute in das Innere einer großen Blüte mit vielen Blütenblättern. Es mochte eine Lotosblume oder eine Seerose sein. Ihr Blickwinkel veränderte sich, und sie sah aus dem Inneren der Pflanze auf die Blütenblätter, deren Blattadern aus weißem Licht bestanden und sanft leuchteten. Es war, als sei sie von funkelndem Licht umgeben, das etwas in ihrem Innern neu ent-

fachte. Etwas, das einst in ihr gebrannt hatte, freudig und stark. Was hat das nun wieder zu bedeuten, fragte sie sich.
Die Vision verging; Sehnsucht und Verlangen blieben und die Angst, erneut in einen Abgrund der Sinnlosigkeit zu stürzen. Doch bevor sie sich weitere Gedanken machen konnte, hörte sie eine männliche Stimme, die forsch und kraftvoll sang:

„Keine Zeit für Depressionen,
trenn` dich von den Illusionen.
Sieh` der Wirklichkeit ins Auge,
trink ein Glas Wein statt Natronlauge.
Sonst trübt sich nur dein klarer Blick,
und was bleibt, sind Schläge ins Genick.
Horch, die Freiheit ruft nach dir,
drum steh auf und folge mir.

Und ...

Keine Zeit für Depressionen,
trenn` dich von den Illusionen.
Auf dich wartet der Hüter der Schwelle,
nicht der Maurer mit der Kelle.
Spring mit mir ins Schattenreich,
und der Teufel folgt sogleich.
Ihn hast du bisher gemieden,
darum gibt es keinen Frieden.

Und ...

Keine Zeit für Depressionen,
trenn dich von den Illusionen.
Auf dich wartet so allerhand
Einheit heißt das Mutterland.
Nimm des Vaters scharfen Degen,
behalte ihn auf allen Wegen.
Mach deiner Dummheit den Garaus,
schneid sie ab, wirf sie hinaus.
Atme, schmeichle wie der Wind;
erkenne, du bist Geistes Kind."

Karin war außer sich vor Freude. Das war der Nachtschalk, daran gab es keinen Zweifel.
Im Hintergrund veränderte sich der Horizont; ein schmaler grauer Streifen zeigte sich. Es dämmerte. Gleichzeitig tauchte über Karin eine geringelte Mütze mit herabhängendem Bommel an der Steinkante auf; und ein so urkomisches Gesicht, daß Karin in lautes Gelächter ausbrach.
„Einen wunderschönen guten Morgen, gnädige Frau", wünschte der Nachtschalk. „Ich hoffe, die Wüste hat dir nicht auch noch das letzte Bißchen an Intelligenz aus dem Gehirn gesogen."
Karin lachte. „Hör auf", sagte sie. „Ich bin froh, daß du wieder da bist."
Der Nachtschalk glitt über die Steinkante, landete auf den Händen, drehte sich im Halbkreis und sprang auf die Füße.
„Da bin ich aber erleichtert", antwortete er, während er die Mütze zurechtrückte.
„Wo bist du eigentlich gewesen?" fragte Karin.
„Ach weißt du", entgegnete er, „die Ewigkeit ist ein weites Feld. Dort gibt es immer etwas Interessantes zu entdecken. Es hätte nicht viel gefehlt, und ich hätte dich glatt vergessen."
Karin wurde angst und bange bei der Vorstellung, für immer in dieser Einsamkeit und Trostlosigkeit gestrandet zu sein.

„Komm“, sagte sie rasch, „laß uns von hier verschwinden.“
„Ach“, gab der Nachtschalk wie unbeteiligt zurück, „und wie stellst du dir das vor?“ Er nahm die Mütze vom Kopf, stülpte sie um und hielt einen schwarzen Hut mit breiter Krempe in den Händen. Er schmunzelte vieldeutig; als er Karins verblüfften Gesichtsausdruck sah, schwieg aber.
„Wie ...“, stotterte sie verwirrt, „wie ich mir das denke. Na, so wie ... Na, wie ich hergekommen bin eben. So stell` ich mir das vor.“
„Und wie bist du hergekommen?“
„Indem ich durch die Tür gegangen bin. Ich meine, indem ich die entscheidende Frage gefunden habe.“
„Die da lautet ...“, sagte der Nachtschalk, setzte den Hut auf und bog mit den Händen die Krempe zurecht, bis er einen lässigen Eindruck vermittelte: „Wer bin ich?“
„Genau?“
„Und?“
„Was und?“
„Hast du eine Antwort gefunden?“
„Ich bin unsicher. Aber ich glaube nicht. Vor allem bin ich verwirrt. Erinnerungen bestürmen mich, die ich zum Teil verstehe und zum Teil nicht einordnen kann. Innere Bilder und Stimmen drängen sich mir auf und erwecken das Gefühl, verrückt zu werden. Wärest du nicht rechtzeitig aufgetaucht, ich weiß nicht, was dann geschehen wäre.“
Der Nachtschalk wandte sich Karin zu. Sein Blick war sanft, und sie hatte den irritierenden Eindruck, von seinen Augen gestreichelt zu werden, als er abwesend sagte: „Keine Blume, keine menschliche Seele ist jemals zur Blüte, zum Höchsten aufgebrochen ohne einen inneren Drang zur Vervollkommnung. In diesem Augenblick ist die Blüte, die menschliche Seele, noch gefesselt an ihre natürliche Begrenzung, aber sobald die Vervollkommnung in die Wirklichkeit tritt, entfaltet sich alles in strahlender Schönheit. So wie der Same, der zur Erde fällt, seine Schale abwerfen muß, so müssen auch wir

zuerst etwas von uns geben, um zu wachsen. Wir müssen die Hülle der Begrenzungen durchstoßen, die unser Dasein trüben und das leuchtende Sein verdunkeln. Jedes menschliche Wesen weiß darum. In seinen Sehnsüchten und seinem Unbefriedigtsein spiegeln sich seine Not und sein Kummer. Materieller Besitz allein wird ihm niemals Erfüllung bringen. Doch welche Seele, so lautet eine weitere Frage, hat den Mut und das Verlangen, die Reise anzutreten?"

Die schwarzen Pupillen des Nachtschalks loderten, als würden sie von einem inneren Feuer genährt. Langsam, jedes einzelne Wort abwägend, fuhr er fort: „Tu den ersten Schritt, und mit jedem weiteren Schritt wirst du stärker, mutiger, ja kühner werden, bis es für dich keine Hemmung, kein Zögern mehr gibt. Du wirst in dein Inneres schauen, um Erkenntnis zu finden, und in deinem dämmernden Erwachen wirst du verstehen, daß hier dein wahres Zuhause ist. Es ist die Anwesenheit des Geistes, in der wir alle in Wahrheit leben. Bei jedem Atemzug und jedem Herzschlag ist die immerwährende Liebe in uns. Zu jeder Zeit mahnt sie uns, unsere wahre Abstammung endlich zu erfassen und in Anspruch zu nehmen, denn wir alle sind Kinder des unendlichen, unsterblichen Geistes."

Für eine Weile war es hörbar still.

Das Feuer in seinen Pupillen wurde milder, wandelte sich nach und nach zu einem anhaltenden sanften Glühen.

Karin war, als habe jemand den tiefsten Kern ihrer selbst aufgewühlt und einem verborgenen, verdrängten Ideal neues Leben eingehaucht. Zum Höchsten aufbrechen, was immer das bedeuten mochte, ja, das war es, was sie wollte.

Der Nachtschalk sah sie durchdringend an. Sie blickte zur Seite, wollte allein sein, fürchtete sich vor seinem Blick, vor dem Gefühl seelischer Entblößung. Etwas Existentielles war wachgerufen worden, ähnlich als habe sie einen Blick in ein Land der Verheißung geworfen. Wie ein Blitz, der die dräuende Finsternis zerreißt, war dieses Gefühl in ihr Herz gefahren. Die Sehnsucht und das Verlangen, immer wiederkehrende

Begleiter auf dem Weg zu sich selbst, wurden stärker, trieben sie an.
Wer bin ich?
Karin war innerlich gespalten. Verstand und Gefühl schienen unabhängig von ihrem Willen eigene Wege zu gehen. Ihr Gefühl wollte sich dem Verlangen hingeben und loslassen, einfach geschehen lassen. Ihr Verstand war krampfhaft darum bemüht, die Kontrolle zu behalten.
Wer bin ich?
Sie wußte, daß es kein Zurück mehr gab, und konnte nicht glauben, daß sie wirklich so dumm gewesen war. Wie hatte sie den Worten und den Schmeicheleien des Nachtschalks nachgeben können? Du bist so naiv, beschimpfte sie sich. Hast du wirklich erwartet, daß es auf diese Frage eine einfache Antwort gibt, so als hättest du jemanden gefragt, wie spät es ist? Sie spürte Niedergeschlagenheit, so wie sie sie schon früher erlebt hatte. Und sie wußte, was darauf folgte: rascher Rückzug und Warten auf bessere Zeiten, die niemals eintraten.
Wer bin ich?
Durch ihren Körper ging ein Ruck, eine Art Trotz. Sie war der Wenns und Abers, der endlosen Hinterfragungen, Grübeleien und Verwirrungen überdrüssig. Immer wenn es für sie gefährlich wurde, flüchtete sie sich in ein Durcheinander aus „Ich kann nicht“ und „Ich weiß nicht“. Diese Einstellung half ihr, keine klare Stellung beziehen zu müssen, half ihr, weiter im Trüben zu fischen.
Wer bin ich?
Diese Frage verlangte eine eindeutige Antwort. Willst du es wirklich wissen? fragte sie sich. Bist du dir darüber im klaren, welche Folgen es hat, wenn du dich darauf einläßt? Wird dein Leben so bleiben, wie es ist?
Bestimmt nicht. Die Beantwortung dieser Frage würde ihr Leben wahrscheinlich gehörig durcheinanderbringen. „Aber was hast du zu verlieren?“ fragte sie sich leise.
„Nichts“, antwortete der Nachtschalk, „außer deiner Angst.“

Lange Zeit sahen die beiden einander schweigend an.
„Und was rätst du mir?“ brach Karin schließlich die Stille.
Der Nachtschalk lächelte und sagte ein Gedicht auf:

„Verwoben hast du die Fäden der Nacht,
strebst zum Lichte mit aller Macht.
Wandelst auf Pfaden der Dämmerung,
noch weit entfernt vom wahren Ursprung.
Doch auch nicht zu weit,
denn du bist bereit,
die Wahrheit zu suchen.

Ein weites Feld liegt noch vor dir
und ein starker Feind voll schleimiger Gier.
Sein krakenhafter Arm umspannt deine Brust,
entzieht dir die Freude und Lebenslust.
Er garnt dich ein, allzeit bereit,
und schon zappelst du im Netz der Bewußtlosigkeit.
Ihm mußt du dich stellen,
daran führt kein Weg vorbei.
Wenn du gegen ihn gewinnst, dann bist du frei!“

„Wer ist dieser Feind?“ fragte sie aufgeregt.
Doch der Nachtschalk antwortete nicht, sah sie nur an. Karin zog sich unwillkürlich zurück, als müsse sie sich schützen. Aber es gelang ihr nicht, den Blickkontakt zwischen ihnen zu lösen. Es war, als sei ihr Wille gefangengenommen.
Erst als der Nachtschalk langsam das rechte Beine anhob und sinken ließ, dann das gleiche mit dem linken Bein wiederholte, verschwand die hypnotische Spannung. Es verwirrte und faszinierte sie, seinem Tun zuzusehen. Die Laufbewegung seiner Beine wurde immer schneller. Jetzt begann er, auch den Oberkörper einzubeziehen. Es sah aus, als strebe er zielstrebig und kraftvoll vorwärts, komme aber gleichzeitig nicht vom Fleck. Er strengte sich wirklich an und begann zu stöhnen und

zu keuchen. Sein Atem ging tief, und Schweiß tropfte von seiner Stirn. Karin wurde plötzlich schwindelig, und alles um sie herum begann zu kreiseln. Sie bekam Angst und versuchte, den Arm des Nachtschalks zu greifen, faßte jedoch ins Leere.
„Sieh in den Spiegel“, hörte sie seine Stimme, „öffne den Schleier deiner Wahrnehmung. Stoße hindurch, wirf ihn ab wie das Küken die Schale, wie das Lebendige das Fahle ...“
Die Worte verstummten, sie hörte nur noch lautes Gelächter, das sie umkreiste und schließlich leiser und leiser wurde.

Im
Labyrinth
des
Herzens

Als Karin sich allmählich von dem Schrecken erholte, stellte sie fest, daß der Nachtschalk sie wieder einmal allein gelassen hatte. Sie schaute sich um. Die Umgebung hatte sich radikal verändert. Morast, wohin sie auch blickte. Damit einher gingen ein beklemmendes Gefühl im Brustraum und eine bleierne Schwere auf den Schultern.
„Sieh in den Spiegel“, hallten die Worte des Nachtschalks in ihr nach.
„Sieh in den Spiegel“, murmelte sie, „was soll das heißen?“
Karin spürte einen starken, vertrauten Kummer. Ein Gefühl, als balle sich Energie in ihrer Brust zu einem dichten Knoten, gepaart mit heftigem Verlangen nach Verschmelzung. Verschmelzung womit? Oh, wie sehr wünschte sie sich einen Menschen, der sie verstand, der ihren Sorgen und Problemen wirkliches Verständnis entgegenbrachte. Zeit deines Lebens, dachte sie bitter, warst du eine Einzelkämpferin. Diese Welt ist ein Ort, an dem nur der Starke überlebt. Immer und überall geht es ums überleben; wen interessiert es, ob du glücklich bist?
Mich, verdammt, schoß es durch ihren Kopf. Sie richtete ihre Aufmerksamkeit von der inneren auf die äußere Welt. Der Feind, dachte sie, wer oder was mochte damit gemeint sein? Sie drehte sich einmal im Kreis. In jeder Richtung sah die Umgebung gleich aus, abstoßend, mit Pfützen, die gefüllt waren mit brackigem, fauligem Wasser.
Karin machte sich auf den Weg. Der Morast ging ihr bis zu den Knöcheln. Manchmal hatte sie den Eindruck, als bestehe er aus unzähligen heißen Fingern, die aus dem Boden ragten, nach ihr griffen und ihre vorwärtsstrebende Kraft hemmen wollten. Ihr Ziel aber war klar und unverrückbar. Sie war aufgebrochen, das Höchste in sich wiederzufinden oder neu zu entdecken, und das gab ihr Hoffnung und Zuversicht. Eine Zeitlang dachte sie während des Gehens darüber nach. Das Höchste? Was mochte das sein? Liebe zuallererst. Dann Würde, Aufrichtigkeit, Mitgefühl. Für einen Augenblick dehnte sich ihr Herz zu einem grenzenlosen, ewigen Meer voll pulsierenden, atmenden

Lebens. Sie hielt verängstigt die Luft an. Sie fürchtete, von einer Welle intensiven, reinen Gefühls überrollt zu werden.
Stundenlang lief Karin weiter, und erst als die Abenddämmerung hereinbrach, ließen Willenskraft und Tatendrang nach. Sie verlor ihr Ziel ein wenig aus den Augen, und ihre Gedanken kreisten um andere Themen. Sie entdeckte eine kleine Baumgruppe verkrüppelter Weiden, hockte sich nieder und betrachtete den Sonnenuntergang.
Schon bald hatte sich der Himmel in tiefblaue Nacht gewandelt, und erste Sterne blinkten. Verwundert sah sie den Mond aufgehen. Er war zur Hälfte gefüllt. Das machte sie stutzig, ohne daß sie eine Erklärung dafür hatte. Karin zuckte mit den Achseln und konzentrierte sich auf die Umgebung. Sie betrachtete eine Welt schwarzer Schatten: Äste und Zweige, die sich träge im Wind bewegten; Falter, die lautlos durch die Luft flatterten, und Fledermäuse auf ihrer Jagd nach Beute.
Karin befand sich in dem wohligen Zustand, der zwischen Wachen und Schlafen liegt, doch dann spürte sie eine Wesenheit, die sich näherte. Auf der Stelle war sie hellwach. Sie schlang die Arme um die Knie und achtete auf jedes ungewöhnliche Geräusch, auf jede noch so kleine Bewegung. Doch was immer dort draußen lauern mochte, diesmal kam es nicht näher. Es blieb auf Distanz, als wolle es nicht noch einmal einen Kampf heraufbeschwören. Schließlich verschwand die Wesenheit.
Es gelang Karin, sich zu entspannen und in einen erholsamen Schlaf zu fallen.
Als sie erwachte, hatte sie einen noch größeren Teil ihres Tatendrangs und ihres Ziels, der Suche nach dem Höchsten, verloren. Es war, als habe sie niemals davon gehört. Die Erinnerung und der Wunsch nach Wiederbelebung eines Ideals waren verschwunden, vergessen. Statt dessen füllte sich ihr Kopf mit nichtssagenden Gedanken, Sorgen und Problemen. Ohne daß sie es bemerkte, schlich sich eine Macht in ihr Bewußtsein, die ihr erneut jegliche Zielgerichtetheit und Lebendigkeit raubte.

Der Nachtschalk, die Suche nach dem Geheimnis der Mondblüte und die Frage „Wer bin ich?“ - es war, als habe es all das niemals gegeben. Karin tauchte immer tiefer in eine Welt von Gedanken, die einzig um sich selbst kreisten, die ihre Sinne benebelten und ihre Wahrnehmung mit einem Schleier umgaben. Es fiel ihr nicht auf; sie war fest davon überzeugt, daß alles seinen richtigen Weg ging. Mit der Zeit wurde sie von ihrem tiefen Verlangen, ihrem sehnlichsten Wunsch völlig getrennt. Den Kopf voller Illusionen, lief sie durch eine gefährliche Umgebung, die jeden Moment ihr Ende bedeuten konnte. Überall lauerten Erdspalten, um sie auf immer in klaffenden Schlünden zu begraben, woben seelenfressende Gestalten ein Netz, um sie in Stumpfsinn einzuspinnen und von ihrer wahren Bestimmung abzulenken. Sie tagträumte von einem Mann, den sie einmal gekannt oder mit dem sie eine lange Zeit verbracht zu haben glaubte, an die sie sich aber nur vage erinnern konnte. Sie spürte Heimweh nach einem Leben, das ihr Sicherheit versprach, tägliche Verpflichtungen und Aufgaben.
„Der Spatz in der Hand ist mehr wert als die Taube auf dem Dach“ war einer der Gedanken, der sich in ihrem Geist einnistete.
Die Welt um sie herum wurde wie ihr Innenleben grauer und grauer. Ihr Verstand kreiste in sich ständig wiederholenden Schleifen, träge und einfaltslos. Zu guter Letzt war sie in einem Raum völliger Zurückgezogenheit und absoluten Unbeteiligtseins gefangen. Sie hatte weder Kontakt nach innen noch nach außen.
Das Gefühl für Zeit ging ihr ebenfalls verloren, und wenn der Nachtschalk nicht gewesen wäre, hätte sie sich in Trägheit aufgelöst.
„Ist der Spatz in der Hand wirklich mehr wert als die Taube auf dem Dach?“
Die Worte erreichten sie nicht.
Der Nachtschalk wiederholte den Satz so lange, bis Karin reagierte. „Was soll das heißen?“ fragte sie gequält.

„Dort, wo du dich jetzt befindest“, antwortete er, „lebst du in einer Welt, die dir eine trügerische Sicherheit vorgaukelt. Nichts kann dich erreichen oder berühren. Dafür mußt du einen hohen Preis bezahlen. Und darum frage ich dich noch einmal: Ist der Spatz in der Hand mehr wert als die Taube auf dem Dach?“
„Die Taube auf dem Dach? Bin ich eine Rätselmeisterin?“
„Es stimmt“, fuhr er geduldig fort. „Lebendigkeit hat auch einen hohen Preis, ist aber unendlich intensiver, bejahender, wertvoller. Wach auf!“ rief der Nachtschalk, packte sie an den Schultern und schüttelte sie kräftig. „Wach auf! Nur die Toten trinken aus dem Strom des Vergessens. Die Lebenden trinken aus dem Quell der Erkenntnis.“
Karin erwachte. Ihr Körper schmerzte. Der Schmerz überschwemmte Karin, bis sie nichts mehr sah, nichts mehr hörte, nur noch Kummer und Sehnsucht war. Der Nachtschalk nahm sie behutsam in die Arme, schmiegte sich eng an sie.
Karin schluckte. Ihre Kehle war ausgetrocknet, ihre Haut spannte sich straff und spröde wie Pergament über ihr Gesicht. Ein anfangs noch verhaltenes Schluchzen bahnte sich seinen Weg, wurde stärker, bis sie jeglichen Widerstand aufgab und den Tränen ihren Lauf ließ. Der Nachtschalk nahm sacht ihre Hand und drückte sie an sich. Bereitwillig schmiegte sie sich an den dargebotenen Körper, saugte mit jeder Pore ihrer Haut seine Wärme in sich ein. Sie hörte, wie sich ein Laut von ihren Lippen löste und zitternd durch die Stille schwang. Ein Gesicht drängte sich in ihre Gedanken: das Gesicht ihrer Mutter, jetzt müde, bitter, strafend.
„Warum kannst du mich nicht lieben“, hörte sie sich flüstern. „Warum nicht?“ Ängstlich nahm Karin wahr, daß sie sich noch weiter öffnete. Es tat so verflucht weh. „Warum können wir nicht Freundinnen sein?“
Keine Antwort. Nur ein Blick, der Karin lähmte.
Ich bin falsch, dachte sie. Ja, das muß es sein. Alles an dir ist falsch, beschimpfte sie sich. Du mußt dich ändern. Mutter und

alle anderen hatten es immer gewußt.
Sie fühlte sich wie als Kind. Groß und übermächtig thronte ihre Mutter über ihr. Sie wagte nicht aufzuschauen. All ihre Sinne waren an der Erfahrung beteiligt. Sie roch den Geruch von damals, den Duft von gebratenen Kartoffeln mit Bohnen und Speck in der Küche, erinnerte sich ihres Widerwillens gegen das Essen von Fleisch. Sie hörte den Gesang des Kanarienvogels in seinem kleinen Käfig auf dem Küchenregal, neben dem immer ein Stapel alter Zeitungen lag. Ein merkwürdiges Gefühl strömte zwischen ihrer Mutter und ihr. Die erwachsene Karin konzentrierte sich darauf, und es wurde deutlicher. Du bist falsch, sagte es immer wieder. Du bist falsch. Schockiert erfaßte sie, was wirklich passierte. Es war die kaum zu ertragende Erinnerung, wie sie ihr wahres Ich, ihr lebendiges kreatives Selbst, für ein Trugbild geopfert hatte. All die kleinen und großen Verletzungen, die Zurechtweisungen und Ablehnungen. Irgendwann waren sie zu stark geworden, und sie hatte aufgegeben. Die wahre Karin war erloschen wie eine Flamme, die nicht mehr zu brennen wagte. Die Bestürzung über die Wahrheit trieb ihr erneut Tränen in die Augen. Sie kuschelte sich fest an den Nachtschalk. Es tat so gut, einen warmen Körper zu spüren. Seine Hand ruhte auf ihrem Kopf. Er schwieg, war nur für sie da, und das war das Beste, was er in diesem Moment tun konnte.
Der Nachtschalk schaute auf Karins Gesicht hinunter. Mehrere Falten darin waren verschwunden. Es hatte den Ausdruck eines sich sicher fühlenden Kindes angenommen. Die beiden bildeten eine Einheit.
Nicht ich bin falsch, dachte Karin, sondern die Welt um mich herum. Meine Mutter, mein Vater, meine Lehrer und Lehrerinnen, ja sogar meine Freunde und Freundinnen sagen nicht mit Worten, sondern auf eine subtilere Art, daß ich es bin. Karin war, als nehme jemand ein Tuch von ihren Augen, das ihr das ganze Leben lang die Sicht verdeckt hatte.
Immer und überall hatte sie dieses Gefühl mit sich herumgetra-

gen, hatte einen Großteil ihrer Kraft dazu benutzt, es versteckt zu halten: das Gefühl, die Überzeugung, nicht richtig zu sein. Und es war sehr verwirrend, stellte sie fest, denn sie war falsch und gleichzeitig auch nicht.

In der Sicherheit und Geborgenheit des sie umsorgenden Nachtschalks gelang es ihr, den Blick auf etwas zu richten, das ihr immer einen unheimlichen Schrecken eingejagt hatte - sie selbst. Schritt für Schritt öffnete sich ihr Bewußtsein der Vergangenheit.Zunächst erlebte sie sich in der Beziehung zu ihrem Mann. Sah vor ihrem inneren Auge die unzähligen Situationen vorbeiziehen, in denen sie seinen Vorwürfen erlag, in denen sie sich bemüht hatte, ihm eine bessere Frau zu sein.

Dann als Teenager, die erste große Liebe zu einem Jungen und die Ängste, als es zu Ende ging, als sie meinte, ohne ihn nicht weiterleben zu können.

Dann die Zeit der Pubertät, ihre erste Monatsblutung; auch damit war sie allein gelassen worden. Ihre Mutter hatte sich bemüht, freundlich zu sein, doch Karin hatte trotzdem den abweisenden Unterton herausgehört, die darin verborgene Ablehnung. Auch da hatte sie geglaubt, falsch zu sein, geglaubt, daß mit ihrem Frausein etwas nicht stimmte.

Die Erinnerung ging weiter zurück. Jetzt war sie sechs oder sieben Jahre alt. Sie war wütend und trampelte mit den Füßen auf den Boden. Sie wurde geschlagen, einmal, zweimal, spürte genau wie damals den brennenden Schmerz im Gesicht und die Ohnmacht und Hilflosigkeit, die sie daraufhin empfunden hatte. Damals war etwas in ihr gebrochen. Jetzt verstand sie, was es war. Es war der letzte Rest ihres wahren Selbst gewesen, das letzte Bißchen an Aufrechtsein und Würde. Der Schmerz, dies zu erkennen, war unbeschreiblich. Sie hatte das Kostbarste aufgeben müssen, das sie hatte. Niemand hatte sich für ihre Liebe und Lebensfreude interessiert. Nicht wirklich. Die Erde ist ein kalter, abweisender Ort, dachte sie, es geht ums Überleben und sonst nichts.

Unvermittelt wechselten ihre Gedanken zu ihrer Welt, und sie

glaubte endlich zu verstehen, was die Menschen veranlaßte, meistens ihren egoistischen Trieben und Begierden zu folgen. Es war dieses Getrenntsein von sich selbst, diese blinde Suche nach dem verlorenen Ursprung.
Und was ist der verlorene Ursprung? Was ist d e i n verlorener Ursprung? fragte sie sich.
Karin versuchte, Ordnung in den Ablauf ihres Erlebens zu bekommen. Das Leuchten einer Kerze trat vor ihr inneres Auge. Die ruhige Flamme bewirkte, daß sie sich nach und nach entspannte. Doch Karin spürte, daß sich mehr dahinter verbarg, daß die Kerze ein Symbol war. Sie mußte es entschlüsseln, wenn sie frei werden wollte.
Bild, was willst du mir sagen, dachte Karin. Offenbare dich, zeige deine wahre Bedeutung. Die Flamme erlosch, und die Kerze schmolz innerhalb von Sekunden dahin. Nichts blieb übrig.
Sie hörte eine Stimme. Es war d i e Stimme, und sie sagte:
„Du hast einen Charakter. Richtig?“
„Richtig“, antwortete Karin verblüfft.
„Du hast eine Persönlichkeit. Richtig?“
„Ja, natürlich. Aber ...“
„Du hast nach Erkenntnis und Bedeutung gerufen. Richtig?“
„Ja.“
„Nun gut. Jetzt wirst du sie bekommen.“

Das
Geheimnis
der
Mondblüte

Behutsam ließ der Nachtschalk Karin los und setzte sich vor sie hin.
„Sieh mich an“, bat er.
Sie stutzte, dann gab sie seinem Wunsch nach. Schon nach kurzer Zeit begannen ihre Augen zu brennen. Immer wieder rieb sie mit dem Fingerknöchel über die Lider.
„Gib deinen Widerstand auf“, sagte der Nachtschalk.
Sie verstand nicht, was er damit sagen wollte.
„Sieh mich an“, wiederholte er.
„Begreifst du nicht“, sagte sie verärgert, „daß ich nicht kann.“
„Ich sehe, daß du nicht willst.“
„Woher“, schrie sie jetzt wütend, „weißt du eigentlich immer so genau, was ich will und was nicht?“
„Weil ich du bin.“
Die Antwort verschlug ihr für einen Moment die Sprache.
„Verdammt noch mal“, schrie sie dann, „mußt du immer in Rätseln sprechen? Kannst du mir vielleicht nur dieses eine Mal reinen Wein einschenken?“
„Roten oder weißen?
„Hahaha. Sehr witzig.“
Karin schlug die Augen auf und blinzelte.
„Deine Schultern“, sagte der Nachtschalk.
„Was ist damit?“
„Sie sind gräßlich verspannt. Laß locker. Niemand will dir etwas tun. Vertraue mir.“
Ihre graugrünen Augen entdeckten in seinen braunen Gutmütigkeit und Freundlichkeit, aber auch etwas, das sie nach wie vor mißtrauisch machte. Es ähnelte dem Blick eines Duellanten kurz vor dem Kampf.
Dann hatte sie das Gefühl, von etwas, das hinter seinen Pupillen lag, angezogen zu werden. Leicht verwirrt schüttelte sie den Kopf. Ein unangenehmer Druck entstand auf ihrer Stirn, genau zwischen den Augenbrauen, und blieb.
Der Nachtschalk sah sie prüfend an.
„Was ist los?“ fragte sie beunruhigt.

„Wovor hast du Angst?“ antwortete er mit einer Gegenfrage. Vor dir, hätte sie am liebsten gesagt, traute sich aber nicht. Wieso nur? fragte sie sich. Bisher hat er dir immer geholfen. Du grübelst zuviel, das ist es. Wenn man lange genug über etwas nachdenkt, dann fängt man irgendwann an, Gespenster zu sehen.

Aber der Nachtschalk saß nur einen Schritt von ihr entfernt, sah sie an und war beileibe kein Gespenst.

Dann wandelte sich Karins Wahrnehmung. Sie blickte in sein Gesicht, das ihr jetzt dunkel und unnahbar schien. Es war von einer ungewöhnlichen Transparenz, von einer so durchscheinenden Zartheit, daß Karin glaubte es könne sich jeden Augenblick auflösen. Die Schatten, die es umgaben, verschmolzen mit seiner Gestalt, weckten ein unheimliches Gefühl.

Sie mußte ihn wohl lange und eindringlich angestarrt haben, denn plötzlich fing er an zu lachen und neckte sie. Er tippte ihr leicht mit dem Zeigefinger in die Seite und sagte: „Was denkst du, wie viele Wahrheiten gibt es?“

„Ich verstehe nicht, was du meinst,“ antwortete sie. Ein Schauder rann ihre Wirbelsäule hinauf. Dann war ihre Wahrnehmung wieder normal.

„Wer bist du? Beinhaltet diese Frage nicht gleichzeitig die Suche nach Wahrheit? Und gibt es eine Wahrheit, die für alle Menschen gilt? Gibt es einen gemeinsamen Ursprung? Oder lebt eine jede und ein jeder in der eigenen Welt ohne Hoffnung auf ein Zusammenkommen, auf Glück und Frieden?“

Der Nachtschalk streckte Karin die Arme entgegen. Als ihre Finger die seinen berührten, fühlte sie sich tief in ihrem Innersten bewegt. Es war so, als hätten sie einander über die Barrieren der Zeit hinweg die Hände gereicht. Eine Vorstellung, von der Karin glaubte daß die meisten Menschen mit ihr geboren werden und sterben, nahm Gestalt an. Die Idee, daß wir nur in einer Dimension der Wirklichkeit leben, nämlich der, die wir sehen, hören, riechen, schmecken und ertasten können. Sie spürte, daß sie sich mehr und mehr aus der gewohnten Ge-

dankenwelt entfernte. Angst, die bekannten Wege des Verstandes zu verlassen, und sehnsuchtsvolles Verlangen nach einer Freiheit, die sie noch nicht kannte, hielten sich die Waage.
Der Nachtschalk sang. Es waren keine Worte, sondern langgezogene Silben, die eine eigenartige Wirkung auf Karin ausübten. Sie folgte aufmerksam den Bewegungen seines Oberkörpers, den er sanft hin und her wiegte, und tat es ihm gleich. Aus südlicher Richtung kam starker Wind auf, der ihnen kräftig ins Gesicht blies.
„Wer bin ich?“ flüsterte Karin kaum hörbar. „Will ich immer noch wissen, wer ich bin?“ Ja, fuhr sie in Gedanken fort, das will ich. Ich will es wie nie zuvor.
Sie sah den Nachtschalk an. Ein sanfter und zugleich starker, ein gleichsam hypnotischer Lichtstrahl aus seinen Augen zog sie in den Bann. Das Licht war eine Welle von betörender Verlockung. Es nahm ihre Aufmerksamkeit gefangen und sie fühlte sich in einen weiten dunklen Raum hineingezogen. In der Finsternis bewegte sich etwas auf sie zu. Es war die Wesenheit, die ihr schon zweimal zuvor begegnet war. Ein seltsam unpassendes Gefühl des Abschiednehmens erfaßte sie. Karin spürte, daß etwas Umwälzendes geschehen würde. Und wieder erlebte sie eine Wahrnehmungsverschiebung.
Ein düsterer Wald erschien vor ihrem geistigen Auge. Graue Dämmerung durchwob die mächtigen Stämme der Bäume. Eine fahle Sonne erzeugte Schatten und verwirrende Lichteffekte. Sie spürte klamme Feuchtigkeit. Über dem Boden lag ein dünner Nebelschleier der die Unwirklichkeit des Augenblicks noch vertiefte. Karin hatte den beklemmenden Eindruck, von Hunderten von Augenpaaren beobachtet zu werden. Irgend etwas Körperloses schien sie in ihre stumme Reglosigkeit einzuweben. Wenn sie etwas einen Namen geben konnte, war es nur halb so bedrohlich, und gerade weil sie es nicht benennen konnte, jagte es ihr einen eisigen Schrecken ein. Sie hatte das Gefühl, in einer Wolke purer Bosheit zu stehen, mit irgend etwas unsagbar Fremdem und Tödlichem konfrontiert zu sein.

Einem inneren Impuls folgend, lief sie los, nicht um zu flüchten, sondern um irgend etwas zu tun. Es war ein furchterregendes Gefühl, sich durch die einsetzende Dunkelheit zu bewegen, ohne zu wissen, was rechts und links des Weges war. Sie versuchte, sich anhand der Geräusche ein Bild von der Umgebung zu machen, aber das war unmöglich. Hin und wieder stolperte sie über ineinander verschlungenes Wurzelwerk. Karin blieb stehen, lauschte. Sie glaubte, von einer Horde wilder Tiere eingekreist zu sein. Hektisches, hechelndes Atmen wechselte mit ohrenbetäubendem Kreischen und Brüllen. Sie wußte, daß sie auf dem schmalen Grat von Erkenntnis und Wahnsinn stand. Karin rührte sich nicht vom Fleck. Sie fror. Die Welt vor ihren Augen war erfüllt von tanzenden Schatten und grauer gestaltloser Angst. Schauder jagten sie. Sie hatte die Kontrolle über ihren Körper und über ihre Gefühle verloren. Plötzlich wurde alles schwarz. Schwarz und böse und abweisend. Karin hatte das Bedürfnis zu schreien, aber sie konnte nicht. Sie ballte die Fäuste so heftig, daß ihre Fingernägel tief in die Haut schnitten. Der Schmerz schien ihr wohltuend, wie ein Freund, der sie an eine andere Welt erinnerte und ihr half, der unglaublichen, unwirklichen Gegenwart standzuhalten. Ihre Hände suchten mit einer verzweifelten Geste nach Halt und sanken dann kraftlos herab. Sie zitterte am ganzen Leib und sank langsam in die Knie.

Wer bin ich?

Als Antwort hörte sie tief in sich ein dunkles Lachen. Aber wer lachte?

Noch leicht verwirrt fand Karin wieder zu sich.

Ein angenehmes bernsteinfarbenes Leuchten verdrängte die Finsternis, lenkte sie von ihrer Frage ab. Die Wesenheit verdichtete sich, materialisierte.

Es war der Nachtschalk.

Karin erschrak, als ihr bewußt wurde, daß sie in ihm war und er gleichzeitig vor ihr stand. Wie war das möglich? Sie zwang sich, ruhig zu bleiben.

Er lächelte sie an.
„Auf, auf zu neuen Taten“, sagte er, „noch befindest du dich im Krieg. Natürlich im Krieg mit dir selbst. Schau, sieh ganz genau hin, dann wirst du verstehen, was ich meine.“
Karin konzentrierte sich, und schließlich gelang es ihr, das unaufhörliche Selbstgespräch und störende Körperempfindungen auszuschalten. Sie war jetzt still.
Der Nachtschalk streckte den rechten Arm vor. Langsam malte er mit dem Zeigefinger verschiedene Muster und Symbole in die Luft. Lichtspuren, die sofort wieder verschwanden. Wie ein staunendes Kind sah Karin zu, doch sie konnte die geheimnisvollen Zeichen nicht entschlüsseln.
Nach einer Weile des Schauens, das für Karin wie eine innere Andacht war, hielt der Nachtschalk kurz inne. Dann machte er mit der Hand eine sich nach innen drehende Spirale nach, die sich, als er ihren Endpunkt erreichte sofort wieder nach außen umkehrte. Diese Bewegung wiederholte er mehrere Male.
Karin blickte in das Gesicht des Nachtschalks. Er sah in ihren Kopf, in ihre Seele, hinein. Erregung fuhr ihr unter die Haut. Bin ich besessen?
„Nachtschalk“, flüsterte sie, „was soll das alles? Bitte hilf mir zu verstehen.“
Er antwortete mit betont gleichmütiger Stimme:
„Ichbezogenheit und Machtwillen errichten dunkle Gebäude im Wesen des Menschen, aus denen unaufhörlich Finsteres in die Welt hinausdringt.
Lebe und tanze diesen Schatten. Komm, tanz. Tanz mit mir.“
Zuerst hatten sie bei diesem Tanz große Schwierigkeiten, doch als Karin sich nach und nach der Führung des Nachtschalks überließ, glitten die beiden in vollendeter Harmonie über das Parkett des leeren Raumes. Aus der Tiefe der sie umgebenden Grenzenlosigkeit schwebte der Klang eines Orchesters heran, geleitete die Tanzenden traumwandlerisch in einen Zustand der Erhabenheit. Karin hatte das wunderbare Gefühl zu fliegen. Hingebungsvoll überließ sie sich dem Rhythmus, war nur noch

Musik, tanzte und tanzte.
Schließlich spürte sie, wie das Glücksempfinden und die Freude langsam abebbten, die Musik verklang und nur die nun beklemmend wirkende Weite des leeren Raumes übrigblieb. Das beängstigende Gefühl, in ewiger Einsamkeit gestrandet zu sein, legte sich um ihr Herz, schnürte es ein. Sie war sicher, ihre häufigen und abrupten Stimmungswechsel, nicht mehr ertragen zu können.
Tanze den Schatten? Was bedeutete das?
Ein Schreck durchfuhr sie, als der Nachtschalk sich löste, nicht mehr als ein feines Gespinst war, das einen kaum noch wahrnehmbaren Kontakt mit ihr hielt.
„Hilf mir verstehen!“ rief sie. „Bitte, geh nicht fort. Laß mich nicht schon wieder allein.“
Tanze den Schatten.
Und langsam verstand sie. Der Nachtschalk verschmolz mit dem Raum. Sie erinnerte sich der Sehnsucht, des machtvollen Wunsches nach Verwirklichung des Höchsten. Jetzt w a r sie diese Sehnsucht.
„Ich bin das Leben“, erkannte sie triumphierend. Rhythmisch stampfte sie mit den Füßen auf, drehte sich, wirbelte den Kopf herum, wobei das lange Haar wild flatterte.
„Deine Zeit ist abgelaufen“, sagte eine Stimme, „du mußt nun aus deinem Traum erwachen.“
Eine Schattengestalt bewegte sich auf sie zu. Es war der Nachtschalk. Aber nicht so, wie sie ihn kannte. Es war sein Kern, seine formlose Seele, seine Essenz. Karin erkannte, daß ihrer beider Schicksale miteinander verknüpft waren, ja daß sie eins waren. Sie entsann sich seiner Worte. „In Wahrheit habe ich kein Interesse an deinem Körper. Was ich wirklich will, ist deine Seele.“
All das nahm sie während des Tanzens wahr. Ihr Wesen dehnte sich aus, die äußeren Ränder tasteten sich wie mit Leben erfüllte Flammenzungen an das Formlose heran, umhüllten es. Sie schaute in ein Herz von Licht und Dunkelheit.

Tanze den Schatten.
Sie schlug die Hände vor ihr Gesicht, doch es gab kein Entkommen. Nicht einmal der Tod würde sie davon befreien. Alles war auf eine geheimnisvolle, für den Verstand unfaßbare Art zugleich innerhalb und außerhalb ihrer selbst. Sie war alles, was es gab. Tanze, trieb sie sich an, tanze, sonst wirst du sterben. Das Formlose trat in sie ein, vereinigte sich mit ihrer Seele: Unwissenheit, Schmerz, Stolz, Ablehnung, Krankheit, Neid, Eifersucht, Habgier, all das sogenannte Böse, die dunkle Schwester, trat aus der Verdrängung hervor, beanspruchte den Platz, der ihr gebührte, forderte Bewußtheit.
Karin tanzte, und dieser Tanz war erfüllt von Hingabe und Leidenschaft. Sie war ein Wirbel sprühender Energie. Ein herrliches Lachen erfüllte sie. Der Nachtschalk, begriff sie, das war sie selbst. Das war all das, was sie immer von sich gewiesen und auf andere Menschen projiziert hatte. Das war das Abschütteln von überholten Moralvorstellungen, von unnützen Geboten und Verboten, die Auflösung der Schleier des falschen Selbst und damit der Durchbruch zum Wahren, zum Wesentlichen, zum Sein.
Karin lachte. Gut und Böse vereinigten sich, eine Umwandlung ihrer Werte setzte ein. Ein humorvoller Friede breitete sich aus. Sie wußte, daß ihre Angst, den Nachtschalk zu verlieren, überflüssig gewesen war. In Wahrheit hatte es niemals eine Trennung gegeben. Sie selbst hatte diese Illusion geschaffen. Der Nachtschalk, das waren all die Anteile ihrer Persönlichkeit, die sie bisher immer abgelehnt hatte. Das war der Teil in ihr, dem ein anarchischer Humor innewohnte, dem manchmal nichts heilig war, der hin und wieder nichts und niemandem Respekt zollte und der Spaß daran hatte, starre Regeln zu durchbrechen.
„Ich habe das Geheimnis gelöst", jubelte sie. „Ich weiß nun, wer ich bin." Ihre Augen leuchteten vor Freude. „Ich weiß nun, wer ich bin", wiederholte sie lauter, wollte die Stimme auf sich aufmerksam machen.

Angespannt wartete sie darauf, daß etwas geschah. Doch nichts passierte. Sie wurde unruhig.
„Suche das Geheimnis der Mondblüte."
Karin sank auf die Knie, vergrub das Gesicht in den Händen und schrie enttäuscht: „Nein! Ich kann und will nicht mehr."
„Sei nicht verbittert", fuhr die Stimme sanftmütig fort. „Du bist wunderbar, und auf deinen Mut kannst du wahrlich stolz sein. Aber du mußt akzeptieren, daß es noch etwas zu tun gibt."
„Was denn?" antwortete sie ungeduldig.
„Dein Verhalten", sagte die Stimme schmunzelnd, „erinnert mich an ein Kind, das seinen Willen nicht durchsetzen kann. Richte deine Aufmerksamkeit wieder fest auf dein Ziel."
„Auf das Geheimnis der Mondblüte?" fragte Karin leicht verwirrt.
„Nein", lachte die Stimme. „Du kannst deine Aufmerksamkeit nicht auf etwas richten, von dem du nicht weißt, was es ist."
„Auf die Frage: Wer bin ich?"
„Richtig. Du stehst am Fuß eines Hügels. Oben auf der Kuppe ist die Lösung deiner Frage. Während du hinaufschreitest, wird zu beiden Seiten des Weges das auftauchen, was dich abhalten will, die Antwort zu finden. Geh jetzt."
Karin sah den Weg deutlich vor sich. Sie zögerte kurz. Dann ging sie los.
Bereits nach mehreren Schritten wurde sie sehr müde, hatte sich in einen inneren Dialog über Für und Wider, Wenn und Aber des menschlichen Daseins verstrickt. Das Gedicht des Nachtschalks fiel ihr ein:

Sein krakenhafter Arm umspannt deine Brust,
entzieht dir die Freude und Lebenslust.
Er garnt dich ein, allzeit bereit,
und schon zappelst du im Netz der Bewußtlosigkeit.
Ihm mußt du dich stellen,
daran führt kein Weg vorbei
Wenn du gegen ihn gewinnst, dann bist du frei!

Das ist der Feind, dachte sie. Diese sich einschleichende Trägheit, der jeder Trick recht ist, um mich von meinem Ziel abzulenken. Leise, mit schönen Gedanken verführend, wickelt sie mich ein, flüstert mir zu, weiterhin den Schlaf der Gerechten zu halten. Aber außer der Trägheit gab es noch einen weiteren Feind. Es war das Selbstmitleid, eine Mischung aus Widerstand dem Leben gegenüber und seltsamerweise aus Überheblichkeit. Karin atmete mehrere Male tief ein und aus und schüttelte die Müdigkeit ab. „Ich will wach sein, hellwach", sagte sie und ballte die Hand zur Faust, „geschlafen habe ich lange genug."

Vater und Mutter liefen plötzlich neben ihr, sprachen hektisch auf sie ein, versuchten sie zu entmutigen. Als sie trotzdem weiterging, verzerrten sich ihre Gesichter, wurden böse ob ihres Ungehorsams. Sie setzten alles daran, sie einzuschüchtern und Schuldgefühle in ihr zu wecken. In diesem Moment benötigte Karin ihre ganze Kraft, um nicht nachzugeben. Du mußt deinen eigenen Weg gehen, spornte sie sich an. „Vater, Mutter, hört doch", sagte sie eindringlich, „ich will doch nichts Böses." Als ihre Eltern begriffen, daß reden sinnlos war, kehrten sie ihr verärgert den Rücken zu. Das tat sehr weh, aber Karin war nicht mehr bereit umzukehren. „Lehnt mich ab, wenn ihr müßt", sagte sie traurig.

Ein dunkler Schatten tauchte auf, kam näher und wuchs zu einer schlanken, in edles Tuch gekleideten Gestalt heran. So schön wie seine Kleidung, so anmutig waren die Bewegungen des Mannes. Wie ein Zauberer holte er seidige Stoffe und glitzerndes Geschmeide aus seinem Hut. Bilder von berauschendem Luxus und Reichtum entstanden. Karin fühlte, wie sie schwach wurde. Dann erinnerte sie sich ihres Zieles und widerstand auch dieser Versuchung.

Unzählige Gesichter, manche bekannt, manche nicht, mal häßlich, mal von entrückender Schönheit, erschienen zu beiden Seiten des Weges und bedienten sich jeder erdenklichen Strategie, sie zu beeinflussen.

Doch Karin hielt stand. Ihr Selbstbewußtsein war stark genug. Mit dem Gefühl, gewonnen zu haben, ging sie weiter. Und mit jedem Schritt wichen die gegen sie wirkenden Kräfte weiter zurück. Eine sanfte, ruhige Wärme erfüllte sie. Ihr Geist war hell und klar. Sie spürte den Boden unter ihren Füßen und sah wilde Blumen am Wegesrand. Ihr Herz pochte vor Freude. Sie hatte einen großen Sieg errungen und war stolz auf sich. Leichtfüßig und aufrecht betrat Karin die Kuppe des Hügels. Sie war von Stille und Frieden umgeben. Sie lauschte. Nichts geschah.

Karin drehte sich einmal um die Achse. Im Licht des vollen Mondes schimmerte etwas. Es war ein See. Sie ging darauf zu. Ein schilfgesäumter Steg führte aufs Wasser hinaus. Barfüßig ging sie über die hölzernen Planken bis an sein Ende und hockte sich nieder. Zeitlose Stille herrschte an diesem Ort. Selbst ihr eigenes Atmen schien Karin ein Sakrileg zu sein. Sie hatte das Gefühl, daß hier noch nie ein Wort gesprochen worden war. Sie schaute zum Mond hinauf. Sein Licht verzauberte sie, hüllte sie ein. Doch das Leuchten kam nicht nur von ihm, sondern auch von etwas, das sich im Wasser befand. Sie senkte den Kopf und schaute auf das sich leicht kräuselnde Wasser, das dickflüssiger wurde. Vom Grund des Sees stieg ein zweites Leuchten auf, als sei es eine Antwort auf das Licht des Mondes. Karin beugte sich weiter vor. Das Leuchten stieg höher, dann schien es in der Bewegung zu verharren. Sie glaubte, die Blüte einer Seerose zu erkennen. Wie in Trance langte sie mit beiden Händen ins Wasser, tauchte bis zu den Ellbogen hinein. Es war von angenehmer Kühle.

Und während sie ganz in die Betrachtung der Blüte versank, öffnete sich in ihrem Herzen ein drittes Leuchten, und es entstand eine Triade des Lichts, eine Verschmelzung verschiedener Kraftpunkte zu einem. Blitze stießen weit in das Weltall hinaus, ihr Leuchten verblaßte zu pastellfarbenen Rot- und Orangetönen und zu einem gleißenden Weiß. Karin war, als schaue sie in das Zentrum des Lichts.

Eine starke Macht gab ihr das Gefühl, emporgehoben zu werden. Ihr war, als öffneten sich unzählige innere Türen, und bisher verschlossene Bewußtseinsbereiche gaben ihr Geheimnis preis. Noch einmal wurde Karin mit den verschiedensten Stadien ihrer Entwicklung konfrontiert. Das Heranreifen ihrer Persönlichkeit lief wie im Zeitraffer rückwärts an ihrem geistigen Auge vorbei. Mit fünf, sechs Jahren, erkannte sie, war der Großteil des Prozesses bereits abgeschlossen, die Grundsubstanz der späteren Karin vorhanden. Mit jedem Jahr, das vorbeizog, verlor sie mehr an Persönlichkeit. Schließlich war sie ein Baby, noch geschockt von dem unfreundlichen Empfang in der neuen Welt, aber immer wieder bereit, eine leuchtende Flamme der Liebe zu sein. Kummer stieg auf, und sie begriff, daß diese Flamme der Liebe im Lauf der Zeit erloschen war. Kein Mensch hatte sie in ihrem wahren Wesen erkannt, darin unterstützt, sie selbst zu sein, und das war wohl der größte Schmerz. Ich habe, dachte sie, eine Heimat verlassen und niemals eine neue gefunden. Aber wo ist die Heimat, die ich verlassen habe?
Die Reise ging weiter. Ihr Bewußtsein richtete sich auf ihren Körper, drang durch die Poren der Haut und weiter bis auf die zellulare, atomare und subatomare Ebene. Die Haut war ein vibrierendes Leuchten im Raum. Ihr Körper nur noch ein komplexes Ineinander von leuchtenden Konturen innerhalb leuchtender Konturen, die sich dann auflösten. Karins Körper war verschwunden, aber ihr Bewußtsein lebte weiter. Es existierte in einem Raum unendlicher Weite ohne zeitliche Begrenzung. Sie war Ewigkeit, ruhte in ihr.
Und in diesem dramatischen Augenblick wurde ihr etwas Bedeutungsvolles klar. Bis jetzt hatte sie in der Überzeugung gelebt, das Leben sei hart, es sei schwierig, es zu meistern, das Universum sei unsicher und sie müßte alle ihr zur Verfügung stehenden Mittel nutzen, um sich gegen die überall und jederzeit lauernden Gefahren zu schützen. Das war es, was man sie gelehrt hatte, und sie, Karin, hatte es in ihrer Unwissenheit

übernommen. Doch in Wahrheit war alles ganz anders. Subatomare Teilchen bündelten sich, bildeten Atome, molekulare Strukturen verdichteten sich zu Zellgewebe. Informationen flossen ständig zwischen den Ebenen hin und her. Ganz deutlich spürte Karin eine wissende Intelligenz, eine geistige Anwesenheit, die den Körper, ihren Körper, schuf. Alles wirkte in liebender Absicht zusammen. Es war ein gewaltiger schöpferischer Akt. Es war die Substanz der Gedanken, die ihn materialisierte, und die Gefühle, die ihn verdichteten. Und all das geschah aus einem Akt reinster Freude. Eine Weile war ihre gesamte Aufmerksamkeit auf die unvorstellbare Kreativität der verschiedenen Strukturen, auf das Wunder ihrer Existenz, gerichtet. Sie hatte nie der wissenschaftlichen Erklärung der Weltentstehung zustimmen können, dem Glauben an Zufall, sondern ihr immer heftigen Widerwillen entgegengebracht. In ihrem Herzen hatte sie immer gewußt, daß sie selbst die Quelle ihres Lebens war, unglaublich schöpferisch und machtvoll. Nur hatte sie es bis heute nicht laut auszusprechen gewagt. Das Bewußtsein erschafft die Welt, dachte sie. Ich bin das Bewußtsein. Ich bin einmalig und wertvoll. Ich bin göttlich. Der Geist, all das, was ist, das ist meine wahre Heimat. Von dort komme ich, und dahin werde ich eines Tages zurückkehren. Doch bis zu diesem Augenblick will ich die Gnade eines wahrhaft königlichen Geschenkes erkennen und mich würdig erweisen. Wie oft, dachte Karin, habe ich in meinem Leben gejammert und geklagt. Es ist vorbei. Nimm dein Leben in die Hand. Forme und gestalte dein Glück. Es liegt in deinen Händen, so wie die Macht dazu in den Händen eines jeden Menschen liegt.

Wer bin ich?

In einem Sinne, wußte Karin, hatte sie eine Antwort auf diese Frage bekommen; in einem anderen würde es wahrscheinlich niemals eine endgültige Antwort geben. Denn die Zukunft war offen und würde es immer bleiben. Sie lächelte. Nie zuvor war ihr ihre Einzigartigkeit so bewußt gewesen. Sie hatte das

Gefühl und die Gewißheit, daß sie in diesem Moment eins mit ihrem Ursprung war. Eins mit einer Kraft, die in sich ganz und trotzdem teilbar war, die Einheit und zugleich unvorstellbare Vielfalt beinhaltete, eine Kraft, sowohl sterblich, als auch ewig. Eine Macht, die schöpferisch war, in jeder Schöpfung weiterlebte und letztlich mit Worten nicht zu beschreiben.

* * *

Ausklang

Karin erwachte wie aus tiefem Schlaf. Eine Weile war noch das Bild einer leuchtenden Blüte in ihrem Kopf, dann verblaßte es. Hatte sie geträumt?
Karin öffnete die Augen. Verwirrt schaute sie in den Hinterhof. Ihre visuelle Wahrnehmung hatte sich verändert. Ihr war, als schaue sie aus einem Innen, in ein anderes Innen, als gäbe es in Wirklichkeit gar kein Außen.
Es dämmerte. Sonnenstrahlen verdrängten die Schatten, und es wurde hell. Erstaunt betrachtete sie glitzernde Tautropfen an Blattspitzen und feuchte Blüten, die den Frühling atmeten. Die Welt war neu, als würde sie in diesem Augenblick erschaffen, und pulsierte vor Leben. Alles, was Karin sah, war von einem lichten Schimmer umgeben, selbst die grauen Wände des gegenüberliegenden Hauses erstrahlten wie in einem eigenen Glanz. Vögel sangen. Die freudevolle Hingabe des Gesangs verzauberte Karin. Die Welt war unbegreiflich schön. Für einen zeitlosen Augenblick war sie eingehüllt in Stille. Einer Stille, die aus dem Herzen aller Dinge kam.
Mit einem geschmeidigen Sprung landete Minka auf dem Fensterbrett. „Hallo, meine kleine Freundin“, sagte Karin liebevoll. „Was hast du nur mit mir gemacht?“
Die Katze bewegte sich nicht. Ihr Blick war geheimnisvoll und rätselhaft. Es sah aus, als lächele sie und wisse.
Karin schauderte. Sie sah eine Blüte im See und hob langsam die Arme und Hände vor ihr Gesicht. Wasser perlte von den Fingern zu den Ellbogen hinab und tropfte auf das Fensterbrett. Ein Lichtstrahl glitzerte darin, schöner als jeder Diamant.

Wolfgang
Sewald

**Der
Menschen-
freund**

96 Seiten
gebunden
DM/sFr 19,80
ÖS 145

ISBN
3-931335 -02-x

Die Liebe
ist wie das Wasser,
sie will fließen und fließen.
Und sie ist wie das Feuer,
sie will brennen und brennen.
Und sie ist wie die Luft,
sie will atmen und atmen.
Und sie ist wie die Erde,
sie will wachsen, wachsen
und wachsen.

Der Menschenfreund

Dana
Verlag

Wolfgang Sewald

Das leuchtende Herz

96 Seiten,
gebunden,
DM/sFr 19,80
ÖS 145

ISBN:
3-931335-01-1

Die Menschenfreundin sagt: „Du mußt in dein Herz hineinsehen und dich ergreifen lassen. Weil, wenn du ergriffen bist, dann öffnet sich ganz tief innen drin etwas unbeschreiblich Schönes. Dann kommt da ein Glanz, ein goldenes Schimmern, und ein wohliger Schauer durchläuft dich. Und dann", sagt SIE,„darfst du keine Angst davor haben, sondern mußt geduldig und mutig darauf warten, daß es wächst. Und wenn du das kannst, dann wird das Schimmern zu einem Leuchten und du wirst anfangen zu weinen, sagt SIE, weil du so voller Freude und Liebe sein wirst, daß du denkst, es nicht mehr aushalten zu können."

Dana
Verlag

Wolfgang
Sewald

Die Reise zum Zauberberg

144 Seiten,
illustriert, kt.,
DM/sFr 17,50
ÖS 17,50

ISBN:
3-9801976-0-3

Ein Märchen für Menschen, in denen das Kind noch lebt, die Sinn für Humor haben, und die an das Schönste glauben, was es auf der Welt gibt: die Liebe.
Es ist die Geschichte von der sechzehnjährigen Mona, die eine Lieblingsbeschäftigung hat: Sie träumt gerne. Nur wenige Menschen haben Verständnis dafür, doch das Erleben neuer Welten zieht sie immer wieder in seinen Bann, und sie begegnet Wesen, die andere nur noch aus Erzählungen kennen. Ihr größter Wunsch ist es, daß eines dieser Traumwesen in ihr "wirkliches" Leben hinüberwechselt. Und dieser Wunsch geht in Erfüllung, doch anders, als sie sich das vorgestellt hat...

Dana
Verlag

Wolfgang Sewald

Im Herzen des Waldes

96 Seiten, kt.,
DMsFr 15,00
ÖS 110

ISBN:
3-9801976-1-1

Dies ist die Geschichte von Daniel, der sich in die Einsamkeit des norwegischen Hochlandes zurückgezogen hat, um dort die Trennung von seiner Freundin und Geliebten Rita zu verarbeiten. Durch die Welt der Träume wird er tiefer und tiefer in sein Inneres gezogen. Ein schmerzlicher und befreiender Verwandlungsprozeß beginnt.
Er begegnet Aischa, einer Frau, deren faszinierender Persönlichkeit er sich nicht entziehen kann. Sie konfrontiert ihn mit Aspekten seines Wesens, die er sich bisher nie anzusehen gewagt hatte.
Ein lebendiges Buch über die wahre Liebe und die Magie der Natur.

Dana
Verlag

Wolfgang Sewald

Vision des Herzens

96 Seiten
Broschur
DM/sFr 15,-
ÖS 110

ISBN
3-9801976-3-8

Eine hohe, leichte, jubelnde Melodie berührte ihn samten. Eine verführerische Zärtlichkeit lag darin, bittend, rufend, lockend.
Die Musik?...Der Tod?...Das Leben?...riefen nach ihm und seine berauschte Phantasie spielte. Willig ließ er sich fallen und tanzte mit den Sternen.

Dana Verlag